知りたい。彼のことをもっと知りたい。
そして……彼に近づきたい。
彼女の胸に何故だか熱い衝動が込み上げてきた。
「セシリア……」
はっと気がついたときには、
ニコラスに肩を抱き寄せられていて、キスをされていた。

Illustration©Nami Hidaka

ティアラ文庫

ヴィクトリアン・ロマンス

夜は悪魔のような伯爵と

水島 忍

presented by Shinobu Mizushima

プランタン出版

イラスト／ひだかなみ

目次

ヴィクトリアン・ロマンス　夜は悪魔のような伯爵と　7
あとがき　302

※本作品の内容はすべてフィクションです。

イギリス、ノーサンプトンシャー州。一八四二年三月――。


「困ったわ……。どうしよう」

白い朝靄《あさもや》の中、粗末なドレスにフード付きのケープを羽織り、古びたブーツを身につけたセシリア・クリスティは、旅行鞄を抱えて途方に暮れていた。

ゆっくり身支度をする暇《ひま》もなく家を飛び出してきたため、長い金髪を青いリボンでひとつにまとめて、後ろに垂らしている。そして、明るい緑の瞳《ひとみ》は落ち着かずにきょろきょろと辺りを見回していた。

ここは深い森の中。セシリアは完全に迷子になっていた。自分の進むべき方向さえ見失っている。

よりによって、家出をしたその早朝にこんな目に遭《あ》うとは思わなかった。もちろん好き好んでこの森に足を踏み入れたわけではない。この森を突っ切れば、乗合馬車が停まる宿に早く着けるのだ。セシリアは宿から最初に出るロンドン行きの馬車に乗らなければならなかった。

遠くで犬の吠え声がした。野犬だろうか。この森に野犬がいるという話は聞いたことがない。だが、古いオークの森の中では何が生息しているか判らなかった。もっと悪いことに、ここは悪魔伯爵《あくまはくしやく》と呼ばれるグランデル伯爵の領地だった。

セシリアはグランデル伯爵のことなんて、まるで知らない。会ったことも見たこともなかった。が、悪魔伯爵とまで呼ばれるからには、理由がある。セシリアが以前、属していた上流社会では、ずいぶんと噂になっていた。彼は父親である先代のグランデル伯爵を殺し、その先代もまた妻を殺したと言われている。つまり、二代続けての悪魔伯爵ということで、近隣の村からも大変恐れられていた。

伯爵が本当に父親を殺したかどうかは判らないものの、セシリアが彼の領地に勝手に足を踏み入れていることを知ったら、きっと恐ろしい形相《ぎょうそう》で怒るに違いない。まさか殺されはしないだろうとは思うが、やはり悪魔伯爵という呼び名は恐怖をそそった。

それにしても、村はどちらの方角にあるのだろう。セシリアはそわそわしながら、辺りを見回した。今が明るい真昼なら大して怖くはないのに。東の空が明るくなりかけたのと同時に、伯父の家を飛び出してきてしまったから、こうなってしまったのだ。しかし、こうするより他に逃げる方法はなかった。

こんなところを、もし伯父に見つかったら……。

間違いなく、すぐに連れ戻される。それから、部屋に監禁され、あの太った老紳士ミスター・スプロットの花嫁になる日まで、外には出してもらえないだろう。

セシリアはスプロットのことを思い出し、身震いをした。いや、今はそんなことを考えている場合ではない。

犬の恐ろしい吠え声が次第に近づいてくることに気がつき、セシリアは思わず鞄《かばん》を抱き締《し》めた。せっかく逃げてきたのに、野犬に殺されるわけにはいかない。セシリアは何か武器になりそうなものを探して、太めの枯れ枝が落ちているのを見つけた。

セシリアはそれを手に取る。左手に鞄を持ち、右手で枝を構えた。枝で野犬をかわしつつ、逃げるつもりだ。そして、犬の声とは反対方向に足を踏み出そうとした途端、茂みの中から二頭の犬が飛び出してきた。セシリアは振り返り、大型の野犬の姿を見た。

二頭のグレイハウンドはセシリアに恐ろしい吠え声を浴びせかけているが、こちらに襲いかかってくる様子はない。どこからどう見ても野犬ではあり得ない。それに、野犬ではない証拠に、二頭とも上等な革の首輪をしていた。セシリアはその首輪を見て、顔を引き攣《つ》らせた。犬の飼い主に思い当たったからだ。

馬の足音が聞こえてくる。今さっきまで犬の吠え声に気を取られていて、気づかなかった。セシリアは逃げ出そうとしたものの、犬がいては無理だ。もう遅い。

茂みを飛び越えて、馬が姿を現した。そして、その背に乗る紳士の姿も見える。

紳士は黒いコートに鹿革ズボン、そして乗馬用ブーツを身につけている。彼が二本の指で鋭い口笛を吹くと、犬は吠えるのをやめて下がった。よく躾《しつ》けられている。彼らはきっと猟犬《りょうけん》で、セシリアを獲物のように追いつめたのだ。

「ずいぶんと可愛らしい野ウサギが見つかったものだ」

男は深みのある低い声で呟《つぶや》いた。そして、ひらりと馬から飛び降り、凍りついたように動けなくなっていたセシリアに近づいてきた。セシリアは思わず息を呑んだ。

小柄で細いセシリアからすると、彼は長身でたくましく、均整の取れた身体つきをしていて、傍に立たれると威圧感がある。漆黒の長めの髪には少し癖《くせ》があり、額に前髪が垂れている。年齢は三十歳くらいだろうか。コバルトブルーの瞳はとても冷たくて、顔が整っているのに厳《いかめ》しい印象しかなかった。

彼が噂の悪魔伯爵だろう。間違いない。

だが、彼の容姿は悪魔のようには見えなかった。いや、美しすぎるのが悪魔だというなら、彼は確かに悪魔なのかもしれない。しかし、いくら冷たい瞳をしていて、厳しい顔つきをしていたとしても、噂のように父親を殺すような人間だとは、とても思えない。

セシリアは彼の顔に見蕩れていた。顔だけでなく、彼が発する独特の雰囲気にも何故だか心を強く揺さぶられてしまう。こんな魅力的な男性に出会ったのは、初めてだった。彼が悪魔であろうがなかろうが、関係ないとまで思ってしまう。

男はセシリアの前で立ち止まった。セシリアは彼の顔を見上げたまま、身動きすらもできない。彼もまたセシリアの顔をじっと見つめている。ほんの少しの間、二人はお互いを見つめ合っていた。

やがて、男は我に返ったように小さく咳《せき》払いをした。

「どうやら……君は野ウサギではないようだが？」

セシリアは握り締めていた枝を地面に落とし、震える声で話しかけた。

「伯爵様……でいらっしゃいますか？」

男はニヤリと笑った。だが、笑っても親しみやすい顔になるわけではなく、今まで以上に危険に見えただけだった。

「そうだ。私が『悪魔伯爵』だ」

冗談のつもりなのか、彼はそう言った。彼は自分がそう噂され、恐れられていることを知っているのだろう。

セシリアは勇気を奮《ふる》い起こして、落ち着こうと息を吸い込んだ。

「お許しください。私はただ森の中で迷っただけなのです。ご領地に踏み入ったことは申し訳ないと思っています。乗合馬車の宿には近道なので……。よろしかったら、私がどちらに向かえばいいのか、教えていただけないでしょうか」

靄《もや》が出ていて、薄暗かったとはいえ、自分の進むべき方向を見失うとは恥ずべきことだった。だが、恥を忍んででも、教えを請わなくてはならない。そうしなければ、目的の場所に辿《たど》り着けそうになかったからだ。

「乗合馬車？　こんな朝早くに一人でどこへ出かけるつもりなのか？」

セシリアは伯爵がどうしてそんなことを訊いてくるのか判らなかった。彼女がどこへ行こうと、なんの関係もないはずなのに。

「ロンドンです、閣下《かっか》。仕事を探すために行かなくてはならないのです」

「仕事ね……。なるほど」

伯爵はもったいぶった態度で、セシリアを上から下まで眺めた。値踏みをされているような気がして、セシリアの頬は熱くなる。彼の言動は不快なものだったが、ここで怒り出すわけにはいかない。彼の領地に黙って入ったのは確かだし、何より道を教えてもらわなくてはならない。

「名前は？」

突然、ぶっきらぼうに名前を尋《たず》ねられた。セシリアは驚いて、まばたきをしながら伯爵の顔を眺めた。自分の名前など、彼にとってどうでもいいと思うのだ。ここで別れて、二度と会うこともないだろう。

「セシリア・クリスティです」

「では、ミス・クリスティ。君の仕事がある場所に案内してあげよう」

伯爵はセシリアに一歩近づいた。そして、鞄を持っていないほうの腕を掴んで引き寄せた。

「何をなさるんですか！」

伯爵のコバルトブルーのきらめく瞳があまりにも近くにあり、セシリアは息もつけない

ほど動悸《どうき》が激しくなった。今まで、これほど魅力的な男性と一緒にいたことがない。だから、こんなに心臓がドキドキしてしまうのだろう。

伯爵はセシリアを馬に導き、彼女の背中に手を添えたかと思うと、ひょいと抱き上げた。驚いて小さな悲鳴を上げたものの、伯爵は平然と無視して、セシリアを馬の背に乗せる。

セシリアは馬から落ちないように鞄を両手で抱き締めながら、なんとかバランスを取った。とはいえ、馬にまたがっているために、ドレスの裾が大きくまくれていて、足が恥ずかしいほど露出してしまっていた。

自分が荷物か何かのように乗せられたのも驚きだったが、伯爵自身も軽々と馬に乗ってきて、更に驚いた。伯爵に後ろから抱き寄せられ、身体が密着する。セシリアは彼の身体の感触に狼狽《ろうばい》した。今まで男性とこんなふうに身体を近づけたことは一度もない。伯爵がセシリアの身体越しに手綱《たづな》を持つと、馬が歩き出した。犬もそれについてこようとしている。

「あ、あの……私は道を教えていただきたいだけなんです」

「私が送ってやろうと言っているんだ」

伯爵は断固として自分の主張を曲げなかった。恐らく誰もこの悪魔伯爵に逆らったりしないのだろう。セシリアもまたこの状況で、これ以上、彼に意見を言うことはできなかった。きっと親切から送ってくれようとしているのだろうし、彼の機嫌を損ねるようなことをわざわざしたくない。

ただ、身体が密着していることだけが気がかりで……。

馬が歩く振動でセシリアの身体が揺れて、背中が伯爵の胸に押しつけられる。それどころか、彼の太腿の間に自分の腰がすっぽりと挟まれていた。おまけに、彼の腕がセシリアの腕の両側にある。もちろん手綱を操るためだが、自分が彼の腕に抱き締められているような気がして、頬が熱くて仕方がなかった。

「美しい髪だ」

伯爵に後ろから囁《ささや》かれるように言われて、セシリアの胸の鼓動が跳ね上がる。伯爵の目には、今のセシリアの姿はただの村娘のように見えているはずだ。着ている服も粗末なもので、弄《もてあそ》んで捨てても、大して気も咎《とが》めないだろう。

彼が悪魔と呼ばれるにふさわしい下劣な品性の持ち主だとまでは思わないが、初めて会った相手のことを信用できるはずがない。ただ、彼が若い娘に対する不埒《ふらち》な真似をするような男でないことを、セシリアは祈った。

自分は一体、これからどうなるのだろう。悪魔の餌食《えじき》になってしまうのか。勇気を持って家を出てきたはずなのに、道に迷った挙句にこんな羽目に陥るなんて……。

それでも、ミスター・スプロットの花嫁にされてしまうよりは絶対にいい。セシリアはそう思って、不安定な馬の上でなんとか伯爵から身体を離そうと無駄な努力を続けた。

ミスター・スプロットは我慢がならないほど下品だった。セシリアの死んだ父親より年上で、髪の毛もほとんど残っていない。それなのに、妙に脂ぎっていて、彼に手を触れられるのは不快でしかなかった。

彼の唯一の長所は裕福なこと。若い頃はやり手の金貸しだったと聞く。今は息子に仕事を任せて、自分は借金のカタに奪った田舎の地所で快適に暮らしている。長年連れ添った妻を病気で亡くし、今度は若い妻を金で買おうとしているのだ。

不幸なことに、セシリアの後見人である伯父は、彼女を喜んで売り飛ばそうとしていた。無論、セシリアの幸福など考えていない。スプロットがくれるという花嫁の支度金が目当てだった。

セシリアの父はクルーン子爵だった。つまり、彼女は子爵令嬢なのだ。セシリアには爵位を継ぐべき男の兄弟がおらず、二人の妹がいるだけだ。二年前、父が突然、熱病でこの世を去った後、爵位とそれに伴う領地と屋敷はいとこのパーシーのものとなった。

父が死んで、家族は自分達の窮状を知った。父はほとんど財産を残してくれなかった。意地の悪いパーシーは残酷にもセシリア達に屋敷を出ていくように迫った。セシリアと妹達が生まれ育った屋敷から、追い出したのだ。

母は娘達を連れて、実家に帰ろうとした。しかし、田舎の地主だった母の実家はすでになかった。それを受け継いだ母の兄、つまりセシリアの伯父が地所の切り盛りができずに、借金のために土地や家を売りさばき、今はわずかな土地と小さな家しか残っていなかった。だが、他に行くところもなく、母は兄の家に厄介になることを決めた。もちろん歓迎などされるわけがない。セシリア達は肩身の狭い思いをした。

不幸はそれだけではなかった。母も心労が続き、すぐに父の後を追うようにこの世を去った。かくて、伯父はクリスティ姉妹の後見人となった。

恥ずべきことに、スプロットとの結婚話が持ち上がったのは一年前。つまり、母が死んだすぐ後のことだった。

セシリアは喪中を理由に断った。しかし、一年も逃げ続けていれば、さすがに伯父も焦れてきたようで、婚約話を進めようとしていた。すでに伯父とスプロットの間では支度金の額も決まっているようで、セシリアの意志など無視されているも同然だった。

明日、スプロットを招いてささやかな晩餐会《ばんさんかい》を開き、そこで二人の婚約を発表するという伯父夫婦の計画を、セシリアは立ち聞きした。絶体絶命のセシリアが取るべき方法はひとつしかなかった。

ロンドンへ逃げること。それから、そこで働き口を探すことだ。

子爵令嬢であるセシリアはそれなりの教育を受けている。それなら、家庭教師として雇ってもらえるかもしれない。もしくは、未婚の女性の付き添い役でも、お年寄りのコンパニオンでもいい。刺繍《ししゅう》も得意だし、裁縫《さいほう》もできる。本を読むのは大好きだ。フランス語も話せる。とにかく、大都会のロンドンなら、こんな田舎では見つからない働き口が必ず見つかるはずだ。

昨夜、上の妹のレジーナは、セシリアのそんな意見に疑問を呈《てい》した。ブルネットの髪と榛色の瞳を持つレジーナは十四歳で、その年齢より小柄で幼く見える。

「そんなに簡単に仕事って見つかるものなの？　それに、ロンドンに女性が一人で行くなんて、危険じゃないの？」

鋭い指摘だったが、セシリアだってそれくらいのことは考えている。

セシリアは三姉妹に寝室としてあてがわれた粗末な狭い部屋を見回した。ベッドが二つ置いてあり、そのひとつはセシリアが腰かけ、もうひとつのベッドの半分に三女のジョージアナが眠り、もう半分にレジーナが座って、セシリアと向き合っている。

セシリアはレジーナの顔に視線を戻した。一人でロンドンに行くより、ここに残るほうが自分にとって地獄となるに違いない。

「ロンドンには婦人のための仕事の斡旋所《あっせんじょ》があるって聞いたわ。私、まずカサンドラ叔母様のところへ伺おうと思うの。叔母様はこの時期には絶対にロンドンにいるから。叔母様のところに置いていただいて、それから職探しを始めるのよ。新聞の求人広告に応募してもいいし、私にできそうな仕事ならなんでもするわ」

セシリアの頭の中の計画は完璧だった。が、不安なのは、父の妹であるカサンドラ叔母とはあまり折り合いがよくないことだ。まさか、訪ねてきた姪《めい》を門前払いするような真似はしないと思うが、二年も顔を合わせていないから判らない。何しろ叔母は未亡人で裕福であるのに、クリスティ母子に手を差し伸べてはくれなかったからだ。

「叔母様には訪問のお手紙は出したの？」

「いえ……まだよ。でも、今から出しても遅いわ。私、明日の朝早くここを出ていくんだから」

レジーナは一瞬、呆《あき》れた顔をして、セシリアを見つめた。セシリアはよく衝動的に行動しては、四つ下の妹に窘《たしな》められている。逆に、レジーナはその年齢に似合わぬ思慮深い行動ができる娘だ。

「お姉様……」

「ダメよ、止めたって。こうするしか仕方がないんだから。明日になれば、ミスター・スプロットと婚約させられてしまう。それだけは絶対に嫌なのよ！」

そのとき、ジョージアナが寝返りを打った。慌ててセシリアは口を押さえる。つい興奮しすぎてしまった。

赤毛で薔薇色の頬をしているジョージアナはまだ十歳だった。レジーナだけでなく、このジョージアナまで残していくのは、セシリアもつらかった。この一年間……いや、母が病気だった頃からずっと母代わりとして面倒を見てきた。セシリアがいなくなれば、どれほど淋《さび》しい思いをするだろうか。

しかし、どうしてもここから逃げ出さなくてはいけない。自分の無謀な冒険に、レジーナやジョージアナを付き合わせるわけにいかないから、一人で行かなくてはならないのだ。スプロットと結婚することが、少しでも彼女達のためになるのなら、セシリアは我慢して嫁いだことだろう。しかし、彼との結婚は伯父の私腹を肥やすだけのことだ。伯父には確かに恩がある。こうして家に置いてもらわなかったら、どうなっていただろう。だが、伯父は三姉妹を使用人同然の扱いをした。粗末な服を着せ、何かと用事を言いつけた。ただし、手が荒れるような仕事はさせなかった。それは優しい気持ちからではなく、子爵令嬢の手が荒れていたら、高く売れないからだった。

「ごめんね、レジーナ。私がいなくなれば、伯父様の怒りはあなたに向くわ」

「それは……大丈夫よ。私がなんとかする。お姉様がどこに行ったか、知らないって言うわ」

レジーナは賢い。しかし、まだ十四歳なのだ。この健気な妹を伯父がひどい目に遭わせないようにとセシリアは祈った。

「働いて……お金が貯まったら迎えにくるわ。絶対よ。あなた達を養えるくらいに貯めるわ。約束する」

レジーナはセシリアの言葉ににっこりと笑い、頷いた。

「その頃にはきっと私も働けるようになってるわね。二人で働いて、ジョージアナを立派なレディにしましょう」

セシリアは目頭が熱くなってきて、慌ててまばたきをしてごまかした。泣いたりしたら、もう会えないみたいだ。そうではなく、またちゃんと会えるのだから、泣く必要はどこにもない。

「何かあったら、カサンドラ叔母様のところに手紙をちょうだい。私はサリーの家に手紙を出すわ。サリーなら伯父様に見つからないように、あなたに手紙を渡してくれるはず」

サリーはこの家の女中ではあるが、住み込みではない。朝早くから夜遅くまで働かせているくせに、伯父は女中ですら給金以外の生活の面倒を見たくないのだ。

「判った。必ず手紙を書いてね。もし上手くいかなかったら……帰ってきて」

レジーナが自分のことを心配してくれて言っているのが判る。仕事が見つかるかどうかも心配だったが、何より叔母が泊めてくれるかどうかが不安だった。

だが、それでもロンドンには行かなくてはならない。仕事を見つけて、お金を貯めて妹達を迎えにくる。そうしないと、次の餌食はレジーナだ。いくら人でなしの伯父でも十四歳の娘を結婚させたりはしないだろうが、あと二年も経てば判らない。

自分の娘は甘やかしているくせに、姪にはひどい仕打ちをしようとする。伯父はセシリアが持ってきたドレスのほとんどを取り上げ、同じ歳の自分の娘に着せた。そして、それが当然だと言うのだ。

どんなに悔《くや》しがろうとも、セシリアは逆らうことなどできなかった。住むところがあるだけマシだった。食べ物だって、伯父親子と同じものでないにしろ食べさせてもらっている。だが、いくらそれが現実なのだと考えても、セシリアは納得いかなかった。

やはり、この家を出ていくのが一番だ。この道しか進むべき道はない。

セシリアは自分の身体を包む伯爵の体温が気になって仕方がなかった。

体温だけではなく、息遣いまでもが感じられる。意識しすぎなのかもしれないが、若い娘であるセシリアには、父親以外の異性にこれほど身体を密着させたことがないのだから、気にするのも当たり前の話だった。

こんな粗末なドレスを着ていたとしても、セシリアには子爵令嬢としてのプライドがあった。お高くとまるつもりではなかったが、こう見えても淑女《しゅくじょ》なのだ。そもそも、未婚の淑女は男性と二人きりでいてはいけないという決まりがある。たとえ、誰も見てないにしても、セシリアは自分の身体を包む伯爵の体温を感じて、頬を染めていた。

しばらくの間、馬に揺られていたが、やっと森を抜ける。見慣れた村の風景が見えるはずだと思っていたのに、目の前に広がっていたのはセシリアの思いも寄らぬものだった。

「伯爵様！　ここは……違います！」

目の前に広がる平原の向こうにゴシック様式のロマンティックな外観の城館が建っている。それがグランデル伯爵の住まいで、悪魔城と噂されている館だということは、セシリアも知っていた。

そう、城の正面から見て左右に配置されている高い塔のどちらかから、伯爵の母君である夫人が夫に突き落とされたという噂があることも。

「ここでいいんだ」

伯爵はいきなり馬を走らせた。セシリアは伯爵に身を寄せるしかなく、抵抗することもできない。あっという間に城の正面玄関の前まで来てしまっていた。

伯爵が身軽な動作で馬から降りると、セシリアのウエストに手を添えて降ろした。馬丁が走ってやってきて、伯爵から手綱を受け取る。伯爵の態度は落ち着いていて、セシリアを騙して、ここに連れてきたことなど悪いことだとはまったく思っていないように見えた。

セシリアは旅行鞄を抱きかかえたまま、キッと彼を睨《にら》みつけた。

「私は一刻も早くロンドンに行かなくてはならないんです！　あなたの気まぐれに関わっている暇などないんですから」

てっきり宿屋まで乗せていってもらえるものだと思っていた自分が愚かだった。伯爵がなんのつもりでセシリアをここに連れてきたのかは判らないが、早く立ち去らなくてはいけない。最初に出る馬車に乗り損ねたら、伯父に捕まってしまう。

「私はこれで失礼します！」

セシリアは踵《きびす》を返し、再び森のほうへ向かおうとした。だが、後ろから伯爵に腕を摑まれ、鞄を取り上げられる。

「何をなさるんですか！　私の荷物を返してください！」

「いい加減にキャンキャン吠えるのはやめたまえ。君は私の犬よりうるさい」

犬よりうるさいなどと言われたことは、今まで一度もない。そもそも、こんな状況でなければ、普段のセシリアはもう少ししとやかだ。

「でも、私は仕事を探しにいかねば……」

「ロンドンまで行かずとも、ここに君の仕事はある」

「えっ……」

セシリアはまじまじと伯爵の顔を見た。彼はここでセシリアを雇うと言っているのだろうか。しかし、彼はセシリアになんの仕事をさせるつもりなのだろう。悪魔伯爵は独身だという話を聞いたことがある。つまり、家庭教師など必要ないはずだ。いくら仕事をしたいと言っても、どんな仕事でもいいわけではなかった。教育を受けた子爵令嬢として、恥ずかしくない程度の仕事がしたかった。

「失礼ですが、こちらに私の求める仕事があるとは思えません」

「ともかく、落ち着いて話をしよう。ついてきたまえ」

伯爵は鞄を持って、さっさと玄関に向かう石の階段を上がっていく。セシリアは少し迷ったが、彼の後をついていった。彼の思うとおりに動かされるのは我慢がならないが、旅行鞄は彼の手の中にある。それに、この華麗な城には興味があった。そして、伯爵自身にも。

彼はどうして悪魔伯爵と呼ばれるのだろう。噂以外にも何か理由があるのか。判ったときには遅いかもしれないのに、セシリアはどうにも好奇心を抑えることができなかった。もちろん、こんなところで道草を食っている場合ではないので、話を聞いたら、さっさと立ち去ろう。セシリアは自分に言い訳をしながら、階段を上った。

玄関の大きな扉が開く。執事が伯爵から手渡された旅行鞄を受け取り、後ろにいるセシリアに目をやった。

「そちらの方はお客様でしょうか?」

「ああ、大切な客になる。ミス・クリスティだ」

どこからどう見ても村娘といった格好なのは判っている。それなのに、執事はセシリアに微笑みかけ、頭を下げて、セシリアが脱いだケープを恭《うやうや》しく受け取ってくれた。もちろん、伯爵が客だと言ってくれたからなのだが。

玄関ホールに足を踏み入れると、吹き抜けの壮麗《そうれい》な大広間がある。そして、その奥には優美な曲線を描く階段があったが、途中で左右に別れ、二階のホールへと続いている。

セシリアは客間ではなく、書斎に通された。書斎の奥には立派なマホガニーの机と椅子があった。壁に作りつけの本棚が並んでいて、蔵書がぎっしりと詰まっている。窓から明るい光が入っているものの、全体的に重苦しい雰囲気がある部屋だった。セシリアは勧められてソファに腰を下ろした。

伯爵は小さなテーブルを挟んだ向こう側のソファへゆっくりと腰かける。そして、セシリアを改めて値踏みするように見つめた。

「そんなふうに私をご覧になるのは、やめていただきたいのですが」

伯爵はわずかに眉を上げた。恐らく生意気な娘だと思ったに違いない。

「君を見てはいけないのか？」

「私の父は前のクルーン子爵でした。ですから、淑女に対する礼儀をわきまえてほしいのです」

「クルーン子爵……。確か三人の娘を残して、財産も残さずに亡くなったと聞いたな」

伯爵に指摘されるまでもなく、セシリアが貧《まず》しいのは見た目で判るだろう。父が子爵だったのだと告白するより、村娘だと思われるほうがましだったかもしれない。没落貴族の娘が父親のものだった爵位を自慢するなんて、恥ずかしいにもほどがある。

しかし、伯爵に自分を値踏みされるのは我慢がならなかった。値打ちが自分の外見だけにあると思われることが、耐え難かったのだ。

「それでは、ミス・クリスティではなく、セシリア嬢とでも呼ばなくてはならないのか」

「それは……どちらでも結構です。ただ、私の今の姿がそんな呼び名にふさわしいとは思えません」

それくらい自分で判っていると言いたかった。だが、それを聞いた伯爵の目が少しだけ柔らかくなる。

「では、セシリア嬢と呼ぼう。私はニコラス・ブラックストン。好きなように呼べばいい。ニコラスでもグランデル伯爵でも悪魔伯爵でも」

まさか、会ったばかりの彼をニコラスなどと呼べるはずもない。だが、その瞬間、セシリアの中では彼はニコラスという名の一人の人間となった。グランデル伯爵はあまりにも遠い存在で、悪魔伯爵のほうはできれば考えたくない。

「伯爵様、私はただ仕事をすればいいというわけではないのです。ロンドンで、できれば家庭教師の仕事を探したいと思っていました。そうでなければ、若い女性やお年寄りのコンパニオンの仕事を……」

「君は推薦状を持っているのか？」

話を途中で遮られて、セシリアは一瞬、黙った。

「……いえ。仕事をしようと思ったのも初めてですから」

「つまり、今まで働いたこともないということだな」

ニコラスの嫌味な言葉に、セシリアはムッとした。セシリアをわざと怒らせようとしているようにしか思えなかったからだ。

「ええ、そうです！　二年前に父が亡くなり、ずっと病気の母を看病してきました。一年前にはその母も亡くなりました。幼い妹もいます。今まで伯父の家の厄介《やっかい》になるしかなかったのです」

「それなら、どうして急に仕事をしようなどと思ったんだ？　ずっと伯父さんの家でのんびり暮らせばいい」

セシリアは冷静になろうと努めた。こんなところで癇癪《かんしゃく》を起こしても仕方がない。彼はセシリアの境遇《きょうぐう》など何も知らないのだから。

「のんびりと暮らしていたわけではありません。伯父の家では雑用をさせられていましたし、それに……」

セシリアは言葉を途切れさせた。自分がプライベートなことをあれこれニコラスに喋《しゃべ》っていたことに気がついたからだ。恐らくニコラスはわざとセシリアを怒らせるように仕向けているのだろう。うっかり何もかも話してしまうようにと。

「他にも何かあるなら言ってみたまえ。そうでなければ、君の親愛なる伯父さんに、君がここにいると知らせることになるかもしれない」

セシリアは思わず立ち上がり、怒りの表情でニコラスを見つめた。それは脅迫《きょうはく》しているのと同じことだ。

「君がどうして『家出』をしようと思ったのか、包み隠さず話してくれればいいだけだ」

「私がどうして家出したと思われるんですか？」

ニコラスはふっと笑って、長い足を組んだ。

「君は一刻の猶予《ゆうよ》もなく乗合馬車に乗らなくてはならないと、そればかりを繰り返していた。二人の妹を残して、雑用をさせる伯父さんの家を出てきたのだろう？　それほど気に食わないことがあったのか？」

彼はセシリアの我儘《わがまま》で家を飛び出してきたと思っているのだろうか。生憎《あいにく》、この二年間、どんなにつらいことも耐えてきた。父が死んだのと同時に、家には財産と呼べるものは何もないことを知らされ、屋敷を追い出された。身を寄せた伯父の家では厄介者扱いで、母が死んだ後は使用人並みの扱いに変わった。

いや、使用人なら給金をもらえるものだ。だが、セシリアがもらうことになったのは、望んでもいない結婚相手だけだった。スプロットの脂ぎった顔を思い出し、セシリアは顔をしかめた。

セシリアは再びソファに座り、傲然《ごうぜん》と背筋を伸ばした。

この悪魔伯爵に、私のことを我儘だなんて言わせないわ！　女は夫を選ぶ権利さえないなんて、絶対に言わせない。

「伯父は私を金持ちの老紳士の花嫁にしようとしているんです。支度金を目当てにしていて……」

「つまり、君を売ろうとしている」

「はい……そのとおりです」

セシリアは唇を噛んだ。伯父にとって、妹の娘達はそれだけの価値しかないものなのだ。親戚としての情も何もない。

「だが、ロンドンに一人で出ていっても、望みどおりの仕事が見つかるとは限らない。生活のために身を売ることになるかもしれない」

「なんですって！」

まさか、そんなとんでもないことを言われるとは思わなかった。セシリアは目を吊り上げて怒った。

「ロンドンには未亡人の叔母がいます。叔母のところに滞在して、仕事を探すつもりですから」

「今まで君の窮状《きゅうじょう》に手を差し伸べてくれなかった親戚が、一体、なんの役に立つと？　はっきり言って、君は相当な世間知らずだな」

それは判っている。しかし、事実だとしても、会ったばかりの男にそんなことを指摘されたくはなかった。

「でも、いくら冷たい叔母様でも、たった一人で訪ねてきた姪を追い出したりしないはずだわ」

「その叔母さんと何年会ってないんだ？」

「最後に会ったのは、父の葬儀《そうぎ》のとき……。二年前です」

ニコラスは呆れたように溜息をついた。

「二年も経てば、若い娘は見違えるように変わってしまう。しかも、そんな格好で一人で訪ねていって、執事が屋敷の中に入れてくれるとは思わないな。叔母さんも誰だか判らないかもしれない」

「まさか……そんな！」

セシリアは自分のドレスを見下ろした。使用人のような粗末な服だった。二年前のセシリアだったら、きちんとレディらしい服装をしていた。

「いや、叔母さんは誰だか判らないふりをするかもしれないな」

その一言はセシリアの胸を貫いた。セシリアの叔母とニコラスは一度も会ったことがないはずだ。だが、彼は叔母の性格を正確に言い当てていた。もちろん、セシリアは知らないふりなどさせるつもりはなかった。なんとか言い包めて、叔母のタウンハウスに居座る予定でいた。

だが、恐らく叔母には冷たい仕打ちをされただろう。嫌味を言われ、伯父のように使用人として扱われることも考えられる。しかし、たとえそんなことをされたとしても、伯父の言いなりになって、スプロットと結婚したくはなかったのだ。

セシリアはスカートを両手でくしゃっと摑んだ。

「私は叔母がなんと言おうと、絶対に叩き出されるつもりはないし、必ず仕事を見つけるつもりでいます。ミスター・スプロットとなんか絶対に結婚しないわ！」

「そんなに嫌な男なのか？」

ニコラスの目が鋭く光った。彼が何を考えているのか、セシリアには判らなかった。

「手を触れられるのも嫌な男と結婚なんかできない。それに……これは伯父が勝手に決めたもので、私の意志はどこにも入ってないの。だいたい愛もないのに、結婚なんてできるはずがないでしょう？」

セシリアがそう言った途端、ニコラスは大きな声で笑い出した。何がおかしいのだろう。セシリアは驚いて、笑い続ける彼を見つめた。

「……何がそんなにおかしいのか、さっぱり判らないわ」

ニコラスはようやく笑うのをやめ、額に垂れていた前髪をかき上げた。

「愛なんて……そんなものがなくても結婚はできる」

「私はできないんです！」

「まさか本気でそう思っているわけじゃないだろう？」

セシリアはもちろん本気だった。夢見がちな世間知らずだと言われても、自分の気持ちを変えることはできない。両親は確かに愛し合っていたと思うし、セシリアも両親のような結婚をしたいと思っている。愛してもいない相手と生活を共にすることはできない。まして、ベッドを共にすることなんて……。

セシリアはふと、馬上でニコラスと自分の身体が触れ合っていたことを思い出した。全身が熱くなったあの感覚は、一体なんなのだろう。彼なら知っているだろうか。

ほんの少しの間、セシリアは彼の体温を思い起こして、夢見心地になっていた。ニコラスが突然、妙なことを言い出すまでは。

「君の目当ては金だろう？」

セシリアはその言葉の意味が判らず、まばたきをした。彼の顔には冷笑めいたものが浮かんでいる。

「意味が判らないわ……」

「女性は真実を突きつけられると、いつもそうやって判らないふりをする。君達は嘘つきだ」

　セシリアは本当に彼の言いたいことが理解できなかった。何かの謎かけなのだろうか。それにしても、女性に対して、彼はあまりに失礼な言葉を投げつけている。会ったばかりのこの男がどんな女性を知っているのか判らないが、少なくともセシリアは彼に嘘をついた覚えはない。それどころか、初対面なのに本当のことを喋りすぎているくらいだ。

「私は嘘なんかついてません。それに、目的は金って……？　なんの目的の話をなさっているのか、私には判りません」

「結婚の目的だ。君はスプロットとかいう男の懐《ふところ》具合が気に食わないのだろう？　そして、支度金を伯父に横取りされるのも」

　セシリアは口をぽかんと開いた。

　この人は一体何を言っているの……？

「愛がないと結婚できないと綺麗事を言うような女は、大抵、逆のことを企んでいる。確かに君ほどの美貌の持ち主なら、田舎紳士などより、ロンドンのもっといい相手に自分を高く売れるだろう。純朴《じゅんぼく》な娘が生活のために身を売る羽目になるかもしれないと心配した私が愚《おろ》かだった」

　今までの言動がすべてセシリアの身を心配していたためとは、とても思えない。彼は強引にここに連れてきて、自分の訊きたいことを訊き、自分の意見を言いたいだけ言っただけだ。しかも、セシリアの目的が金だと侮辱《ぶじょく》している。

セシリアは心の底から怒りを感じた。馬に乗せられただけとはいえ、この男の腕に抱かれたことを少しだけ嬉しく思っていた自分が恥ずかしかった。そして、彼を好ましく思っていたことも。

やはり彼は悪魔だ。人の心なんてないに違いない。

「お言葉ですが、伯爵様。私は決してそんな目的でロンドンに行こうと思っているわけではありません」

「無理しなくてもいい。君なら貴族の素晴らしい愛人になれるだろう」

「なんですって！　私は……そんなふしだらな真似はしません！」

セシリアは激昂して、ソファから立ち上がった。失礼なのは判っているが、ニコラスは失礼を通り越して無礼なことを口にしている。セシリアはもう一言たりとも彼の言葉を聞く気はなかった。

「待ちたまえ」

セシリアは大股で歩いて、書斎を横切って出ていこうとした。だが、後ろから追いかけてきたニコラスに腕を摑まれる。

「放してください！」

セシリアはもがいた。だが、ニコラスに後ろから抱きすくめられてしまう。

「悲鳴をあげますよ。大声で！」

「どうぞ、セシリア嬢。私の屋敷で働く使用人が君を救いに来ることはないだろうが」

セシリアはニコラスの息を耳に感じて、身体を強張らせた。一瞬、全身にゾクッとするような不思議な衝動を感じた。それがなんなのか判らなかったが、決して不快なものではなかった。

「セシリア嬢。君はロンドンまで行く必要はない。私が君を愛人にしてやろう」

その言葉を聞いて、セシリアは胸の奥が凍りつくような気がした。彼は最初からそのつもりで、自分をここに連れてきたのだ。だから、森の中であれほど身体を密着させてきたに違いない。

セシリアは自分がどれほど無防備で愚かなのか判った。騙《だま》されやすいにもほどがある。それこそ、世間知らずと言われても仕方がない。どんなに教育を受けていたとしても、世慣れていないと、この危険な世の中では上手に生きていけないのだ。

「私は愛人なんてなりません！」

「まさか結婚を望んでいるなんて言わないだろう？　没落貴族の娘と結婚したい金持ちは、それこそミスター・スプロットくらいだ。持参金もない君には愛人が精々だ」

こんな侮辱を受けたのは初めてだった。だが、これが現実というものかもしれない。伯父もスプロットもそこまで言うほど残酷ではなかったが、きっと本音はニコラスと同じなのだ。

なんの財産も後ろ盾もない。そして、後見人は姪を売ろうとしている。しかし、こんな状況でも、セシリアは身を売ることだけはしたくなかった。子爵令嬢としてのプライドが許さない。使用人となって働くほうが、どれだけいいだろう。

そう、愛人とは身を売ることと同じだ。違うことがあるとすれば、それは正式な契約の元に、ある一定期間、同じ相手に身体を売り続けるというだけのことだ。

「私は君の美貌《びぼう》に似合うドレスを何着も贈ろう。靴も欲しいか？　それとも、宝石がいいか？　なんでも欲しいものを言えばいい」

セシリアは自分が身につけているドレスのことを考えた。履いているブーツもボロボロで、穴が空いていた。母の宝石なんて、本人の薬代に消えてしまっていた。最後に残された形見の指輪も、母を父と同じ場所に葬るために売らなければならなかったのだ。そのまま伯父に任せていれば、村の墓地に埋められていただろう。

確かにセシリアは貧しかった。だが、それでも愛人にはなりたくない。しかも、自分を侮辱する悪魔伯爵の愛人なんて……。

「放して！」

ニコラスはもがくセシリアを自分のほうに向けたかと思うと、顔を近づけてきた。セシリアはハッとして動きを止める。あまりに近くに彼の顔がある。彼の威圧するような瞳が熱く燃えているのに気がついた。

ダメ。離れなきゃ。

セシリアの理性がそう訴えた。

自分を愛人として求めている男性が今、キスをしようとしている。キスを受け入れてしまっては、彼の愛人になることを承諾するようなものだ。しかし、彼の唇が自分の唇と重なると思っただけで、身体に震えがきて、心臓の鼓動が速く打ち始める。

まるで、キスを期待しているかのように。

セシリアは彼から顔を背けようとした。だが、ニコラスはそれを許さず、セシリアの顎に手を当てて、唇を重ねてきた。

その瞬間、セシリアは言いようのない熱い衝動に身体を貫かれた。

唇にキスされたのは、生まれて初めてだった。いつかは好きな男性にキスをされることを夢見ていた。それはもちろん、こんな状況でなかった。社交界にデビューして、美しいドレスで着飾り、立派な紳士にワルツを申し込まれる。互いに一目惚れをして、二人は結婚を前提にして付き合いを始め、あるとき彼はセシリアにプロポーズをする。セシリアが恥ずかしがりながらうつむいて承諾すると、初めてそこで唇を合わせる……と。

父が死んで、何もかもが変わってしまったときにそんな夢は捨てたつもりだった。それでも、初めてのキスはセシリアには大事なものだった。たとえ貧しい農家の男性に嫁ぐことになったとしても、そこには愛情が不可欠で、キスも結婚する相手にしか許すつもりはなかった。

なのに、今、セシリアは会ったばかりの男とキスをしていた。悪魔伯爵と噂される彼の腕に抱かれて、唇を奪われている。心臓が破裂しそうなくらいに音を立てていて、今にも失神しそうだった。

ニコラスはセシリアの唇を無理やり舌でこじ開けた。セシリアは自分の口の中に彼の舌が忍び込んできたとき、身体の震えを止められなかった。キスがこんなものだとは知らなかったのだ。ただ唇を合わせて、それでおしまいなのだと思っていたのに。

彼女の舌に彼の舌が絡みついてくる。それだけではなく、愛撫《あいぶ》するかのように動いている。セシリアは身体の内部がカッと熱く燃え上がったような気がした。こんな気持ちは初めてだった。

このままじっと黙って彼にキスされたままでいるなんて、馬鹿げたことだと判っていた。けれども、離れられない。これで終わりにはしたくなかった。まだ続けたい。まだ彼のキスを知りたい。この先には一体何が待っているのだろう。

彼の手がセシリアの髪に触れる。後ろで束ねていたリボンが解かれ、長い豊かな髪が背中に広がった。ニコラスはその髪にゆっくりと手を差し入れている。セシリアはあまりの心地よさに眩暈《めまい》がしてきた。

もっと彼の手に自分を委ねたい。この特別な瞬間を味わっていたい。そんな考えばかりが頭に浮かんできてしまう。セシリアは自分から舌を絡めそうになり、やっと我に返った。

セシリアは平手でニコラスの頰を叩いた。

強い力ではなかったが、意思表示にはそれで充分だった。ニコラスも我に返ったように
セシリアから一歩離れた。その手には彼女の髪を束ねていたリボンが握られている。

「返してください」

セシリアは乱れた息を整えながら、手を差し出した。頰が熱い。いや、頰どころか額まで真っ赤になっているに違いない。

「君はベッドでこんなふうに髪を解くのだろう?」

「私は髪を三つ編みにして寝ています。たとえ髪を解いて寝たとしても、それを閣下に見せることは永遠にありません!」

セシリアははっきりと彼の愛人になることを断った。初めてキスをされて、自分を見失いそうになったが、今は大丈夫だ。もうこんなことは絶対にない。

「では、これで失礼します。私はロンドンに行かなくては……」

「待ちなさい。ここには仕事があると言っただろう?」

セシリアは唇を引き結び、ニコラスを振り返った。これほどはっきり断っているのに、なんて失礼な男だろう。そう思ったが、彼はキスをしてきたときとは違い、口元に余裕めいた笑みを浮かべていた。

「私には祖母がいる。その祖母の話し相手をするという仕事はどうだ？」

セシリアはまばたきをしてニコラスの顔を見つめた。瞳は相変わらず情熱的な何かを宿しているが、少なくともさっきほど切羽詰まったような輝きはなかった。セシリアは落ち着きを取り戻して、改めて彼のほうに向き直った。

「本当に閣下のお祖母様がいらっしゃるのですか？」

「そんな嘘までつかない」

「でも、最初から私を愛人にしようと思われていたのでしょう？　強引にここに連れてきて、無理やり身体を奪ってしまおうとお考えになっていたのではありませんか？」

ニコラスはふっと笑って、リボンを差し出した。

「いや……。最初は違った。君が危険なロンドンにどうしても行きたいなら仕方がないが、その前に、私の祖母に会ってもらえないだろうか？」

セシリアはリボンを受け取り、手早く髪を束ねた。最初は愛人にするつもりはなかったと言いたいのだろうか。それなら、彼が突然、豹変《ひょうへん》して、セシリアが金のために結婚相手や愛人を選ぼうとしていると思い込んだのは、何故なのだろう。

ロンドンに一人で行くのは確かに危険だ。そして、ロンドンに行くまでには旅費もかかる。セシリアが持っている金は乗合馬車の切符を買えば、もうほとんど残らない。そんな状態で何か不測の事態が起こったとしたら大変なことになるのは判っている。

たとえば、叔母がセシリアに会うのを拒絶《きよぜつ》したとしたら……。

そんなことで諦めたりはしないが、泊まるところもなく、夜のロンドンをさ迷うことになれば、さすがのセシリアもつらい思いを味わうことになりそうだった。

それに、できれば妹二人の近くに住んでいたい。そういう意味ではロンドンは遠すぎた。伯父が幼い彼女達に何かするとは思わないが、それでも何かあったときには駆けつけられるだけの距離にいたかった。

ニコラスは静かに話し始めた。

「祖母は目があまり見えない。だから、いつも部屋に閉じこもってばかりいる。侍女に遠慮ばかりしていて、用事を言いつけることもしない。私は祖母に何か喜ぶことをしてやりたいが、何もできないでいるんだ」

ニコラスにも肉親を思う気持ちがあることに、セシリアは気がついた。悪魔伯爵は父殺しと噂され、その父親も妻を殺したという噂があるのだ。だが、祖母には愛情を抱いているのが、彼の今の言葉で判った。

噂なんて信じていたわけではなかったが、目の前の彼がそんな非情な人間ではないことに、セシリアはホッとしていた。

「私は母の看護をしていました。お祖母様のお相手もお世話もできると思います」

それこそが彼女の望んでいた仕事だ。ただ、不安があった。

「では、引き受けてくれるか？」

「二つ条件があります」

雇われる側が雇う側に条件を出すなんて、生意気な小娘だと思われていることだろう。眉を上げた彼の表情からそれが窺われた。しかし、はっきりと言っておかなければならないこともある。それが受け入れられないなら、やはりこの話はなかったことにするしかない。

「判った。条件とはなんだ？」

「ひとつは、私がここにいることを伯父には知らせないでほしいんです。絶対に」

ニコラスは素早く頷いた。

「もちろんだ」

「もうひとつは……さっきみたいな淫《みだ》らな真似は絶対にしないでほしいんです」

セシリアは顔を赤らめながらも、はっきりと言い渡した。ニコラスはそれを聞いて、ニヤリと笑った。

「それは約束できないな」

「何故ですか？　女性が嫌がることを無理やりするのは、紳士にあるまじきことです」

「君は嫌がっていたか？　口を開けて、私を迎え入れてくれたような気がするが」

一瞬、セシリアは返答に詰まった。確かに彼のキスに酔わされていたのは事実だった。

嫌がっていたとは言えないほど、彼の舌の動きに翻弄されていたことも。しかし、それを断じて認めるわけにはいかなかった。

「嫌がってました！」

「それなら、君の嫌がることはしないでおこう」

拍子抜けするほど、あっさりとニコラスは条件を呑んだ。てっきり、もっといろいろ嫌味を言われると思っていただけに、セシリアは意外に思った。

「ただし、君が嫌がらなければ別だ」

「それは……やっぱり淫らなことをするという……」

「君が誘惑に屈しなければいいだけだ。私は君が受け入れてくれることだけをする。それでいいな?」

ニコラスの目が妖しい光を放っている。それを見ると、セシリアは何も言えなくなっていた。すでに誘惑をされているような気がして、身体から力が抜けていきそうだった。

ダメよ。何を考えているの！

セシリアは弱気な自分を叱りつけた。気を許せば、セシリアは罠にかかってしまうだろう。彼の愛人になるという罠に。

しかし、そんなことはあり得ない。そこまで自分は意志が弱くないはずだ。ほんの少し、彼のキスが情熱的でよかったというだけで、引きずられてしまうわけにはいかない。彼の愛人になって、自分の名誉を汚すわけにはいかないし、愛してくれるわけでもない相手に身を任せることはできなかった。

愛し愛される人でなければ、純潔《じゅんけつ》を捧げるつもりはない。そうしなければ、自分が壊れていくだけなのだ。

セシリアはニコラスに頷いてみせた。

「それで結構です。私は絶対に誘惑なんかされませんから」

ニコラスはセシリアの言葉を鼻で笑い飛ばした。彼はやはりセシリアを愛人にするつもりなのだろう。危険を承知でここに留まると決めた自分が、少し愚かに思えてきてしまった。

いいえ、違うわ。私がここに留まるのは、彼のお祖母様の手助けをしたいからなのよ。

セシリアは自分の頭の中から、さっきのキスを追い払おうという無駄な努力をした。

「では、君の部屋を用意させよう。それから、朝食も。朝早いから、祖母はまだ寝ているだろう」

夜も明けきらぬうちから伯父の家を出てきたことを思い出した。食事のことなんて、まるで考えていなかったが、今は空腹だった。ロンドンに行くはずだったのに、森の中で迷い、伯爵に会い、ここに連れてこられた。ずいぶん予定は変わってしまったが、とりあえず仕事と住まいにはありつけたのだ。これで路頭に迷う心配もない。

不思議な気持ちがしたが、セシリアは少しホッとしていた。

後は、ニコラスに付け入る隙を与えないようにするだけだった。


森の中でセシリアを見つけたとき、ニコラスは彼女の美しさに目を奪われた。

整った顔立ちとほっそりとした身体つき。そして、生き生きとした緑の瞳。流れるような金髪。それから、小さめの可愛らしい唇。

彼女の着ていたものの粗末さには気がついていたが、彼女がただの村娘でないことはすぐに判った。何故なら、彼女には独特の品のよさがあったからだ。そして、言葉遣いから、自分の勘が当たっていたことも判った。

しかも、悪魔伯爵と噂され、恐れられている自分を怖がらずに、まっすぐにこちらを見ていた。度胸もある。普通の村娘なら、おどおどしていて、上手く話すことすらできなかっただろう。

彼女はきちんとした教育を受けている。発音も上等で、話し方も上流階級のものだ。物腰や所作も上品で、そんな彼女が自分の領地の森の中にいるなんて不思議で仕方がなかった。まるでおとぎ話の中に迷い込んだような気がして、そんな自分を滑稽《こっけい》に思った。

彼女は生身の人間だ。妖精でも王女様でもない。育ちはいいかもしれないが、間違いなく貧しい娘だ。その娘がロンドンに行くと言う。ニコラスは自分の城に連れていこうと、迷うことなく決めていた。

若い娘を危険なロンドンへの一人旅に行かせるわけにはいかない。そんな騎士道精神もあったと思う。だが、本音を言えば、自分のものにしたかった。どうせ悪魔伯爵などと呼ばれている。父殺しの噂に、娘を慰《なぐさ》み者にしたという噂がひとつ加わったとしても、どうということもないだろう。

とはいえ、書斎に入って、彼女の話を聞くまでは、祖母のコンパニオンとして雇おうと考えていた。

しかし、彼女は言った。愛がなければ結婚はできないと。

ニコラスはそれと同じ言葉を七年前に聞いたことがある。あの頃、彼は窮地に立たされていた。父が火事で死に、爵位を継いだばかりだった。父は借金だけを残して死んだのだ。伯爵家の財政が傾いているのが判ったのは父の死後で、その噂が社交界に広がるのは時間の問題だった。

当時、ニコラスには婚約者がいた。セントフィールズ男爵の娘アラベラだった。ニコラスは彼女を愛していると思っていたし、彼女もまた彼を愛してくれているようだった。妻殺しの噂を持つ父がいても、愛しているから結婚を承諾してくれたのだと。

だから、ニコラスは正直に負債のことを話した。そして『今は伯爵夫人という称号しかあげられるものがないが、私を信じて結婚してくれないか。借金を返して、必ず君を幸せにするから』と改めてプロポーズをした。だが、アラベラは財産のない男と結婚する気はまったくなかったのだ。

『私はあなたを愛してないの。やっぱり愛がなければ結婚はできないわ』

それが彼女の返事だった。つまり、今まで愛していたのは伯爵家の財産だけだったというわけだ。ニコラスは婚約破棄をされた。伯爵家の窮状と共に、今度は父殺しの噂が流れた。社交界には居場所がなくなり、婚約者どころか友人まで去ってしまった。

ニコラスは歯を食い縛り、この七年間、がむしゃらに働いた。処分できる不動産はすべて処分し、農地経営一辺倒だった父の古いやり方を変え、鉄道を初めとするさまざまな投資を行い、儲けた金でコービーに製鉄所を作った。時代がニコラスに味方をしたと言ってもいい。この七年間で借金を返した上、莫大《ばくだい》な利益を得た。その金で失った不動産を買い戻し、城の中を改修した。

時代に取り残された貴族は、爵位はあれども財産を失いつつある。今やニコラスは国内有数の資産家でもあった。だが、それがなんになるだろう。失った財産は取り戻したが、評判は悪くなる一方で、近隣の村人からも悪魔伯爵と恐れられている。確かに領民に対して無関心ではいるかもしれないが、無慈悲《むじひ》ではないし、何か問題があれば即座に常識的な計らいをしているつもりだ。

ニコラスは七年前から社交界とは無縁で生きてきた。シーズン中に仕事でロンドンに行くこともあるが、夜会に出席することはない。招待状も仕事の関係で知り合った相手から来るくらいで、昔の知り合いからは背を向けられている。社交の場に出ないから、余計に悪魔だの父殺しだの好き勝手に噂されるのだろうが、ニコラスにはどうしてそんな噂をされるかも判らなかった。

父が火事で死ぬ前までは、ニコラスもごく普通の貴族の若者だった。ロンドンの紳士クラブで友人達と酒を飲み、ほどほどに賭け事をし、未亡人とのアバンチュールを楽しんだこともある。だが、婚約してからは女性に誠実であったと断言できる。自分に悪いところがあったとしたら、世間知らずであったことだけだ。父が死ぬまで、自分の家の財政も知らずにいたのだから。

現在、ニコラスは仕事を通しての友人としか付き合うことはない。その友人達のことも本心から信用しているわけではなかった。もう誰も心から信じることはない。以前の知り合いすべてから背を向けられたとき、ニコラスはそう心に決めていた。

あのセシリア嬢がどれほど愛について語ろうとも、だ。彼女は貧しい。だからこそ、彼女が本当に欲しいものは愛なんかではない。どんなに言葉を飾ろうとも、裕福な暮らしだ。間違いなく。

ニコラスはついさっきまで自分の腕の中にいたセシリアの顔を思い浮かべた。キスしただけで、頬どころか額まで真っ赤になっていた。ひょっとしたら、今はまだ自分自身の本心を気づいていないのかもしれない。だが、いつか判らせてやる。本当に望むものは、愛ある結婚ではなく、財産のみであると。

悪魔伯爵の愛人という立場は、子爵令嬢としては屈辱的だろう。しかし、愛人になれば、絹のドレスも宝石も手に入れられる。妹達と住む家を買ってやってもいい。馬車も馬も買ってやる。少なくとも、年寄りの萎《しな》びた金持ちの花嫁になって、人生の無駄遣いをする必要はなくなる。

アラベラとセシリアは違う。そう思ってみても、二人は同じ言葉を自分の目の前で言ったのだ。あのとき、アラベラに味わされた絶望は、今でも心の奥に巣食っている。あれから七年経ち、充分すぎるほどの財産を築いた今でも、ニコラスは忘れ去ることができなかった。

セシリアもきっとアラベラと同じ種類の女だ。口では愛がすべてだと言いながら、財産のあるなしで選り好みする。ニコラスはいつかセシリアにそれを認めさせてやるつもりだ。そのとき、アラベラに傷つけられた心も癒えるに違いない。

まずは、セシリアを誘惑しなければ……。

あの豊かな金髪をシーツの上に広げてやりたい。絹の糸のような手触りの髪に触れ、それから、クリーム色の滑らかな肌に口づける。ニコラスは必ず彼女を自分のものにするつもりだった。

朝食の後、ニコラスは書斎でいくつか片付けなくてはならない仕事をした。そして、時間を見計らって従僕《じゅうぼく》を呼んだ。

「セシリア嬢をここへ。自分の部屋にいるはずだ」

従僕は一瞬何か言いたそうな顔をした。

「何かあったのか?」

「あ……いいえ、セシリア嬢は庭に出ておられます」

「庭へ? 何をしているんだ?」

窓から外を見ると、ケープをまとったセシリアの姿が見えた。二頭のグレイハウンドが彼女の周囲をぐるぐると回っている。さっきから犬の吠え声が聞こえていたが、セシリアと遊んでいたのだろう。ついでにセシリアの笑い声も聞こえてきて、ニコラスは彼女と一緒に犬と戯れたいという気分になってくるのを抑えつけた。

「私の犬は美しい娘には目がないようだな」

二頭ともニコラスの忠実な飼い犬だが、決して人懐こい性格というわけではなかった。訳もなく人に噛みついたりすることはないが、それでもあんなふうに会ったばかりの人間と遊んだりはしない。

「セシリア嬢のような明るい方がいらしたから、喜んでいるのでしょう」

ニコラスは驚いて、微笑を浮かべている従僕を見つめた。今までニコラスは彼がこんな表情をしているのを見たことがないからだ。いつも厳しい顔つきをしていて、笑うことなど知らないように見えていた。

ニコラスは驚きながらも、彼に命令した。

「彼女を祖母に紹介しなくてはならない。呼んできてくれ」

「はい、只今」

従僕は恭しくお辞儀をして、軽い足取りで書斎を出ていく。まるで彼女と言葉を交わすことが嬉しいと思っているような態度だ。

しかし、セシリアはかなりの美貌の持ち主だ。貧しい身なりをしていても、あの容姿を見れば、誰でも虜になるだろう。十八歳の今まで誰にも手をつけられていなかったことのほうが奇跡に近い。

程なくして、セシリアは書斎にやってきた。リボンで結んでいただけの髪は綺麗にまとめられて、ピンで留められている。ニコラスは惜しいと思った。もっと彼女の髪が揺れるところを見たかったのに。

「祖母と会わせよう。ついてきてくれ」

「はい、閣下」

セシリアは庭で犬と走り回っていたためか、上気した頬で返事をした。

書斎を出て、ニコラスは先に歩いた。後ろを軽い足取りで歩くセシリアのことがどうにも気になり、振り返る。

「君は外で何をしていたんだ？」

「何もすることがないので、お庭を拝見しようと思ったのです。そうしたら、グレイとシルバーが擦り寄ってきたので、一緒に外に出たんです」

「君はもう犬の名前まで知っているのか」

「マシューズが教えてくれました」

マシューズとは執事の名前だ。彼女はこの数時間で、犬二頭と執事と従僕を一人、手懐《てなず》けていた。いや、ニコラスが知らないだけで、もっと多くの使用人を手懐けているかもしれない。世間知らずのお嬢さんだと思っていたが、この分なら祖母のコンパニオンとしての役目も充分果たしてくれるかもしれない。

「グレイとシルバーは閣下の飼い犬なんですか？　猟犬ではなくて」

「そうだ。私は狩りなどしない」

そんな遊びはとうにやめている。乗馬は運動のためにやるが、狩りをしてもなんの得にもならない。それより仕事をしていたほうが、よほど楽しい。

「そう……よかった。私は狩られる野ウサギにはなりたくないから」

セシリアは独り言のように呟いたが、そっちの狩りなら、今まさに始めようとしているところだ。

階段を上がり、奥のほうへと進んでいく。

「お城の中は迷いそうなくらい広いんですね。後でどなたかに案内していただいても構いませんか?」

「ああ、家政婦のミセス・サットンに案内してもらうといい」

城といっても、それほど古いものではない。建てたのはニコラスの祖父だ。こういう大仰なデザインの建物が好みだったのだろう。ニコラスがかなり手を加えて、自分好みに近代的な設備を揃えた。だが、城の内部の複雑な造りはそのままにしてある。

ニコラスは廊下《ろうか》の突き当たりにある部屋のドアをノックして、返事を待った。弱々しい声が聞こえてきてから、ドアを開ける。部屋の中の厚いカーテンは閉じられたままで、朝の光を遮っていた。

「どなたかしら?」

ベッドに上半身を起こした上品な老婦人の姿がある。彼女がニコラスの母方の祖母であった。

「ニコラスだ。あなたのコンパニオンを連れてきたよ」

「まあ、ニコラス。私には何もしなくていいんですよ。もう充分なんだから」

ほとんど目が見えない祖母はニコラスに向かって微笑んだ。年老いているが、母とどこか似ている。といっても、母はニコラスが七歳のときに死んだから、それも遠い思い出に過ぎない。

「あなたにはもっと幸せになってもらいたいんだ。コンパニオンを紹介しよう、セシリア・クリスティ嬢だ。父上は先代のクルーン子爵だそうだ」

「まあ、貴族のお嬢さんなんて……。とんでもない！　私みたいな平民の世話をしてもらうわけにはいきませんよ」

祖母はおどおどとした表情を浮かべて、顔の前で手を振った。だが、セシリアは構わず進み出て、ベッドの傍に跪いた。

「初めまして、奥様。今日からお世話をさせていただきます。セシリアと呼んでください」

祖母の組んだ両手に、セシリアはそっと優しく手を触れる。祖母は困ったように微笑んだ。

「私はあなたみたいなお嬢さんに世話をされるような人間ではないんですよ」

「でも、伯爵様のお祖母様だと伺いました」

ニコラスは分厚いカーテンを開けて、日の光を入れた。ほとんど目が見えないといっても、光くらいは判別できると医者に聞いた。毎日カーテンを開けるようにと、祖母の侍女に言って聞かせているのだが、祖母のほうが侍女を寄せつけないのだ。気が合わないのかもしれないが、このまま祖母を放置しておくわけにはいかなかった。祖母は他に身寄りがないのだから、できるだけここで幸せに暮らしてほしいと思っている。

「セシリア嬢、私の母はあまり裕福ではない平民だったんだ。彼女は母方の祖母だから、あまり人に世話をしてもらうことに慣れていない」

セシリアはニコラスの言葉を聞いて、にっこりと笑った。

「それなら、奥様のなさることのお手伝いをしたいと思います。私は他に行き場がなくて、伯爵様に雇っていただいたんですよ。どうぞ私の仕事を奪わないでください」

「あら、そう……。じゃあ、何か仕事をしてもらわなくては、あなたも困るのね……」

「ええ。奥様、朝食はお召し上がりになりましたか？」

祖母は首を横に振った。

「私は朝食を食べないんですよ。朝は食欲がないから」

祖母は誰かに食事をさせてもらうのを嫌がった。かといって、一人で食べれば、周囲を汚すこともある。その始末を誰かにやらせることも嫌なのだ。

「では、外を散歩なさるのはどうでしょう」

「散歩ですって？」

祖母は驚いたような声を上げた。

「私はこのとおり目が見えないのに……。それに、長いこと部屋から出ていないから、上手く歩けないかもしれない」

それは祖母が人の手を借りることを嫌がったからだ。どうせ長生きなんてしないのだから、そんなに世話をしてもらう必要はないというのが、彼女の持論だった。頑固な彼女には、ニコラスも手を焼いていた。できる限りここに来て、祖母の相手をするようにしていたが、仕事の関係で限界がある。

「車椅子がありますよ。いつも言っているように、人を呼べば、好きなだけ外に行けるんです」

「でも、そんな世話をかけてまで散歩しなくてもいいのに」

セシリアは立ち上がると、部屋の片隅にあった車椅子をベッドの傍まで押してきた。

「母の看病をずっとやってきましたが、伯父はこんな立派な車椅子を用意してくれませんでした。もし車椅子があったら、私は母を毎日でも外に連れていきましたよ。母には少しでも元気になってもらいたかったんですもの」

「お母様はどうなさってるの？　あなたがいないと、お母様はご不便なんじゃゃ……」

「母は一年前に亡くなりました」

「まあ……」

祖母がおずおずとセシリアのほうに手を伸ばして彼女の手に触れた。そして、慰めるように両手で彼女の手を柔らかく包む。

「ごめんなさいね、セシリア。つらいことを聞いてしまって」

「いえ、もう大丈夫です。それより、私は母を元気にしてあげられなかった分、奥様を元気にしてさしあげたいんです。奥様は目が悪いだけで、他にはご病気はないんですよね？」

ニコラスはセシリアに尋ねられて、黙って頷いた。

「でしたら、まず体力をつけることですね。お散歩にいらしたら、気分もよくなって、きっととてもお元気になられますよ」

祖母がめずらしく笑顔になったかと思うと、セシリアの手を握手するように振った。

「あなたには適わないみたいね。判りました。散歩に連れていってちょうだい」

「はい、喜んで」

やはりセシリアは頑固な祖母を説き伏せてしまった。セシリアは祖母まで手懐けた。あまりの鮮やかな手並みに、いつかは自分も手懐けられてしまうかもしれないという不安が過ぎったが、ニコラスはそれを打ち消す。これから誘惑しようと思っているのに、先に白旗を上げるわけにはいかない。

ニコラスはその場で従僕を呼び、車椅子を庭まで出すように指示をした。そして、祖母の身支度が整うのを待ち、彼女を抱き上げた。

「ニコラス！　何もあなたがこんなことをする必要はないのよ！」

力仕事をする使用人はいくらでもいる。それは判っているが、今日だけは祖母を自分の手で庭に連れていきたかった。こんな手間はなんでもないのだと、祖母に思ってもらいたかったのだ。

「私だって、あなたを抱き上げるくらいの力はあるんですよ」

「でも、ニコラス、あなたは伯爵ですもの。こんなことはしなくていいの」

ニコラスはふっと笑った。セシリアは微笑みを浮かべて、祖母を抱き上げるニコラスを見つめていた。不意に、自分の中に力が漲ってきたのが判る。彼女の笑顔がニコラスをこれまでにない温かな気持ちにした。

「子爵のお嬢様に面倒を見てもらい、伯爵に抱き上げられる。あなたはその価値がある人なんですよ」

ニコラスは祖母にそう囁いた。

セシリアはニコラスに夕食を一緒に取るようにと言われた。正直なところ、彼と食事をすることに気詰まりを感じる。しかし、伯爵の命令を断るわけにはいかない。セシリアは一番いいドレスに着替えて、食堂へと下りていった。

食堂には長いテーブルがあり、白いテーブルクロスがかけてあった。天井にはシャンデリアが下がっていて、きらきらと輝いている。家政婦のミセス・サットンに城の中を案内してもらったときに見た食堂は、確かに素晴らしい部屋ではあったが、シャンデリアの光に照らされている今のほうがずっと素敵に見えた。

テーブルの上座にはニコラスがすでに座っていたが、セシリアが入ってきたのを見て、立ち上がった。正装している彼と目が合い、セシリアは自分の一番いいドレスがみすぼらしく見えることに気がつき、羞恥《しゅうち》に頬を染めた。一番いいドレスも何も、セシリアは三着のドレスしか持ってきていない。だが、伯父の家に置いてきたドレスも大差ないものだった。綺麗なドレスはすべて伯父の娘に与えられてしまったし、今もあれを持っていたところで、二年前から成長しているセシリアには着られなかっただろう。

「お招きありがとうございます、閣下」

セシリアの挨拶にニコラスはただ頷いた。彼の眼差しはずっとセシリアに注がれ続けている。きっとこんなみっともない格好で現れたことを嘲笑《あざわら》っているに違いない。もしくは呆れられているかもしれなかった。子爵令嬢などと言っても、今は村娘となんら変わりはないと。

ひょっとしたら、彼はセシリアを愛人に望んだことも恥ずかしく思っているかもしれない。悪魔伯爵などと言われていても、これだけの資産があり、もちろん爵位があり、容姿も完璧なのだ。大概の女性なら手に入る。祖母のコンパニオンに過ぎないセシリアを、本来なら欲しがるはずがなかった。

ニコラスの隣に用意された席に着き、食事が始まる。伯父の家では使用人と一緒に食事を取らされていたセシリアは、この二年間、これほどのご馳走を口にしたことがなかった。伯父の家にいる妹のことをふと思い、胸が痛くなる。セシリアがいなくなったことに気づいた伯父が、妹達にどんなふうに怒鳴り散らしたかと思うと、憂鬱《ゆううつ》な気分になってきた。

「私の祖母にはあれだけ親切にしてくれているのに、私と食事するのは気に入らないのか」

ニコラスはワインを口にしながら、不機嫌そうな表情をしていた。確かに一緒に食事をしていながら、セシリアはほとんど会話をしていなかった。いくらなんでも、これは不適切な振る舞いだった。

「申し訳ありません。私は妹のことを考えていたんです。私がいなくなったことで、伯父が妹達を夕食抜きで寝室に追いやっているのではないかと……」

ニコラスは驚いたように目を見開いた。

「君の伯父さんは君達を虐待《ぎやくたい》しているのか？」

「虐待というほどではありません。少なくとも叩いたりすることはないですから。けれども、私達を厄介者と思っているのは確かです。給金を払わなくていい使用人か、もしくは金持ちの紳士に売りつける商品かもしれませんが」

セシリアはそこまで言って、自分が食事の雰囲気を台無しにしていることに気がついた。

妹達のことは心配だが、今更、心配してどうなるものでもない。セシリアがすべきことは、この城で自分の仕事をきちんとやり遂げることだった。そして、もちろん雇い主であるニコラスに不快な思いをさせてはいけない。

「すみません。こんなつまらない話をしてしまって」

「いや、謝らなくてもいい。君は伯父さんによって使用人並みの扱いを受けたかもしれないが、その代わり生きるのに必要なことも学んだんじゃないか？」

「生きるのに必要なこと……？」

セシリアは彼の言葉を繰り返した。

「そうだ。君は今日一日でこの城にいるたくさんの人間の心を摑むのに成功した。祖母もミセス・サットンもマシューズも君を気に入っている。人間だけでなく、私の犬も手懐けた」

「私は別にそんなつもりはありませんでした。ただ、普通に話をしただけですし、グレイとシルバーは人懐こい可愛い子達です。きっと誰からも可愛がられているんじゃありませんか？」

「あの大きな犬を？　あいつらを可愛いなんて言うのは、君くらいだ」

セシリアも最初に見たときは怖いと思った。だが、落ち着いてよく見れば、小型犬とさほど変わらない素振りをすることに気がついた。ただ身体が大きいだけなのだ。それに、彼らは意外にも甘えん坊だった。

「いずれにせよ、君が子爵令嬢として社交界にデビューしていれば、使用人や犬とそれほど触れ合うこともなかっただろう。君が今ほど人に好かれる人間であったかどうかは判らない」

ニコラスの瞳が温かく輝いている。愛人になるように言った彼と同じ人物であることをセシリアは不思議に思った。最初からこんなふうにセシリアの心を慰めてくれていたなら、きっと彼の虜《とりこ》になっていたに違いない。

「そうですね……。私もツンと澄ました令嬢より、今の自分のほうが好きです。つらいこともあったけど、忍耐力はつきましたし」

失ったものを悔やむのではなく、失ったからこそ得られたものもあるということを喜んだほうがいい。ニコラスはそう言いたいのだろうと、セシリアは思った。

それから、二人は無難な会話をしながら、夕食を終えた。

「セシリア嬢、君の雇用条件について話し合うことがある。書斎まで来てもらえないだろうか」

改めて雇用条件のことを言い出されて、セシリアは驚いた。ここに住み込んで、彼の祖母のコンパニオンをするということの他に、何か条件を出されるのだろうか。だが、彼は『話し合う』という言葉を使った。それならば、一方的に言い渡される話ではないだろう。

セシリアは彼と共に書斎に移動した。午前中にここであった出来事をうっかり思い出しそうになり、セシリアは慌ててそれを打ち消した。目の前の男の腕に抱かれてキスをしたことなんて、できればなかったことにしたい。あれはただの過ちだ。これから先、セシリアが彼にキスを許すことはないはずだった。

ソファを勧められて腰かけると、ニコラスはバーからブランデーのデカンターを持ってきて、グラスに注いだ。

「君も飲むかい？」

「いえ、私は結構です」

ブランデーなんて飲んだことはないし、飲むことがあるとは思えない。それに、どんな味なのか試してみようという気もなかった。

ニコラスはグラスに口をつけて、満足そうな笑みを浮かべた。

「一日目の君の働きぶりは素晴らしいと言っておこう。君は年寄りの扱い方が上手いようだ」

「ありがとうございます。明日からも閣下の気に入っていただけるように、しっかり働きたいと思います」

セシリアがすべきことは、それだけだった。働けば、その分の報酬《ほうしゅう》をもらえる。伯父の家で雑用をこなしながらも、厄介になっているという肩身の狭さを感じていたセシリアには、この仕事に満足感があった。それに、ニコラスの祖母マギーはとても優しい人だ。母にしてやれなかったことを、彼女にはしてあげられるのだと思うと、どんな世話でも引き受けたくなってくる。

「ところで、報酬の件だが」

そう言われて、セシリアはそのための話し合いなのだと居住まいを正した。

「月に十ポンドでどうだろう？」

「それは……このお仕事には高すぎる報酬のような気がするのですが……」

セシリアは今まで働いたことがなく、コンパニオンの給金の相場など判らないが、伯父の家の使用人がもっと安くこき使われていたことは知っている。

「君への評価が高いということだ。もちろん、それ相応の働きをしてもらうことになる」

セシリアはちらりとニコラスが自分を愛人として欲しがっていることを思い出した。だが、セシリアは愛人ではなく、彼の祖母のコンパニオンだ。それ以外の仕事をする気は断固としてなかった。

「承知しました。心を込めて、奥様にお仕えします」

ニコラスは頷いた。そして、今度は意味ありげにセシリアを見つめてくる。その不躾な視線にセシリアは落ち着かなくなった。

「君のドレスは新しく作らなければならない」

「どういう意味でしょう。私の服装がお気に召さないということですか？」

セシリアの頬がカッと熱くなる。こんな侮辱的な指摘を面と向かってされたのは初めてだった。彼はセシリアの服が粗末すぎると言っているのだ。

「私の祖母のお相手役に、そんな格好をさせるわけにはいかない。マダム・ヴェルティィエを呼んで、ドレスを作らせよう」

「そんな必要はありません！」

セシリアは思わず大声を出していた。失礼なのは判っているが、どうにも我慢ができない。マダム・ヴェルティィエといえば、ロンドンのボンド・ストリートの中でも一流の店の女主人だ。彼女の作るドレスは最高と言われている。社交界にデビューしていないセシリアでも、それくらいのことは知っていた。

つまり、マダム・ヴェルティィエはコンパニオンごときのドレスを作ったりしない。貴婦人のドレスしか作らないのだ。もちろん、それは高額なドレスに決まっている。貴婦人でなければ、愛人に贈るようなドレスだ。

「私はあなたの愛人にはならないと言ったはずです！」

「ああ、聞いた。だが、ドレスを贈るのは私の勝手だ」

「勝手じゃありません。私はそんなドレスを受け取ったりしません。それに……そんなものを必要ともしていません。私は着飾るためにここにいるわけではありませんから。仕事をするために、ここにいるんです」

ニコラスが優しい言葉をかけてくれたことも、すべて下心があってのことなのだ。月十ポンドの給金も、本当は愛人になることを見越してのものなのかもしれない。

「君は頑固だな。女なら美しいドレスを身にまといたいだろう？　宝石をつけたくないか？　シルクの靴下は？　レースのついた下着はどうだ？」

下着のことまで言われて、セシリアはこれ以上、我慢できなかった。

「そんなもの、欲しくありません！」

セシリアは立ち上がり、書斎を出ていこうとして、テーブルの足に躓《つまず》いた。あっと思ったときには室内履きが脱げていた。ボロボロで見るも無残な室内履きが。

これほど惨めな気持ちになったことはない。セシリアは泣きそうになっていた。泣くのはニコラスに弱味を見せるようなものだった。しかし、必死で抑えても涙ぐむのを止められなかった。

「泣かなくていい。セシリア」

ニコラスはゆっくりと立ち上がると、セシリアの肩にそっと触れた。

「さ……触らないでっ……」

これ以上、口を開けば嗚咽《おえつ》が洩《も》れそうだった。セシリアはうつむいて、惨《みじ》めさに耐えていた。ついさっきまで、仕事をしてその報酬を得ることに誇りを感じていたのに、自分の身支度が本来の身分に釣り合わないことを思い出してしまうと、もうどうにもならなかった。子爵令嬢のプライドなど、今は捨てなくてはいけない時なのに。

「財産を失ったときの悲しみは私も知っている」

「あなたが……?」

セシリアは信じられないことを聞いたような気がして、ニコラスの顔を見上げた。彼は苦々しい表情をしていて、彼女の目から視線を逸らしている。

「私が爵位を継いだとき、伯爵家は破産寸前だった。なりふり構わず仕事をしたから、この城も豊かな暮らしも維持していられる」

そんな話は初めて聞いた。噂で流れているのは、彼が悪魔のように非情な人間だということばかりだった。もし彼の言うことが真実なら、セシリアは彼を不当に心の中で貶《おとし》めていたことになる。彼は一度も苦労したことのない伯爵だと思っていたのだから。

セシリアとは違う種類の苦労かもしれないが、破産寸前の状態からここまで持ち直すには、相当な努力が必要だったと思う。それなのに、セシリアは彼の表面しか見ていなかったのだ。悪魔伯爵の噂に翻弄《ほんろう》されすぎていたのかもしれない。

セシリアは今までとは違う目で彼を見た。

彼は今の彼女と似たような境遇にかつていたのだ。そして、今はこうして伯爵として恥ずかしくない暮らしをしている。もちろん男と女ではまるで違う。爵位も城も彼には残されていたのだから。

しかし、セシリアは今までよりニコラスを身近に感じていた。苦労を分かち合える仲間といっては大げさだろうが、それに近いものを感じる。

「夕食のときにあなたが言ってくれたことは、あなたの経験によるものだったのね」

自分と同じように、つらい思いと引き換えに、生きるのに必要なものを得たのだろう。

彼の場合、それは一体なんだったのだろう。

知りたい。彼のことをもっと知りたい。

そして……彼に近づきたい。

彼女の胸に何故だか熱い衝動が込み上げてきた。

「セシリア……」

はっと気がついたときには、ニコラスに肩を抱き寄せられていて、キスをされていた。

だが、セシリアには抵抗する気もなかった。自分と同じだと思った瞬間から、彼に対して警戒心を解いていたからだ。

最初は触れ合うようなキスをされ、それから深く口づけられる。舌をからめとられて、セシリアは動揺を覚えた。二度とキスを許すつもりはなかったのに、その決心は一日ももたなかった。口の中をまさぐられるような彼の舌の動きに、セシリアは身体が熱くなってくるのを感じた。

まるで身体の内部に火をつけられたようだった。なけなしの理性が彼を拒絶しろと訴えかけてくる。しかし、セシリアは力なく彼の胸を押すだけだった。手に力が入らない。それなのに、身体の中は燃え盛っているのだ。

ドレスの上から乳房を包み込むように触れられた。コルセットをつけていないセシリアは、まるで直に触れられたような気がして衝撃を受けたが、初めての経験にどうすればいいか、すでに判らなくなっていた。柔らかく包まれて、彼の手の温もりを感じる。それが不快ならば、セシリアはすぐに彼から離れていただろうが、そうではなかったのだ。

それどころか、もっと触れてほしいとさえ思った。彼の体温で溶かしてほしい。そう願ったのがニコラスに伝わってしまったのか、彼は唇を離すと、ドレスの前ボタンを外し始めていた。あっという間にボディスからボロボロになったシュミーズが見えてしまう。セシリアはそれを見られたくなくて、両手で隠そうとした。

「隠さなくていい」

ニコラスはセシリアの手を離すと、シュミーズを引っ張り、片方の乳房を露《あらわ》にした。セシリアは思わず息を呑む。破れたシュミーズを見られるよりも恥ずかしい。膨《ふく》らみとピンクの乳首が彼の目に晒《さら》された。

「いや……っ」

乳首は硬くなってしまっている。ニコラスはそこに優しく指で触れた。

「綺麗だ」

「あ……んっ」

ダメと言わなくてはならないと判っているのに、セシリアは何もできなかった。ニコラスの大きな手で乳房を柔らかく摑まれ、敏感になっている乳首の先端を指でくるくると撫《な》でられると、下腹が何故だか熱くなってきて、たまらない気持ちになってくる。

頭の中がぼんやりしてくる。指で弄られている部分も、そうでないところも、すべてニコラスに委ねたくなる。理性なんてどこにもない。気持ちのいいことをしてもらいたいということしか、頭になかった。

ニコラスのことはまだ何も知らない。そんな男にこんな恥ずかしい真似をされている。頭の中でそう思ってみても、やめてほしいと言うことはできない。それどころか、もっと続きをしてほしくなってくる。

欲望の行き着く先はどこなのだろう。セシリアは何も知らない。彼に何もかもを教えてほしかった。

「ここを弄られるのは好きなのか？」

親指と人差し指で乳首を優しくつままれる。その快い刺激にセシリアは小さな声を上げた。

「んっ……ぁっ……」

「どうなんだ？　好きならもっとしてやろう」

セシリアの身体は快感による震えが走った。咄嗟《とっさ》にセシリアは返事をしていた。

「好き……っ」

ニコラスはふっと笑うと、彼女の首筋に唇をつけて、それから身体を屈《かが》め、胸元へと唇を這わせていく。そして、柔らかい乳房にも、その先端の突起にもキスをした。最初は軽く口をつけ、一度唇を離した後、再度、そこに唇を寄せ、優しく吸った。

「やっ……あん……あっ……」

そんなふうに刺激されることも初めてだった。何もかも初めてなのに、自分がそれを貪《どん》欲《よく》に味わっていることが信じられない。彼の唇や舌の感触が気持ちよくて、乱れた気分でいるのは確かだが、自分がこんな状態でいることも信じられなかった。

これは危険な遊びなの……？

けれども、引き返せない。ニコラスの誘惑に抗《あらが》えなかった。

不意にニコラスは唇を離すと、セシリアの身体を抱いて、ソファに押し倒した。乱暴な仕草ではなかったが、セシリアは驚き、目を見開いた。ニコラスがその上からのしかかってきて、情熱的なキスをしてくる。

「んっ……ん……」

気がつけば、セシリアも熱心に舌を絡めていた。恋人同士であったかのように、長く激しい口づけを交わす。セシリアの足の間にニコラスが股間を押しつけていた。スカートとペチコート越しとはいえ、そこの部分が硬くなっていることを知り、心臓の鼓動が速くなってくる。

ニコラスはセシリアの耳元で囁いた。

「ベッドへ行こう。わたしの寝室でいいか?」

「え……?」

興奮が渦巻く中にいたセシリアは、何を言われているか、よく判らなかった。

「書斎のソファで君の処女を散らしたくない」

処女という言葉に、セシリアはやっと我に返った。腕を突き出し、ニコラスをなんとか押しやって、上半身を起こす。まとめていた髪は乱れ、シュミーズから片方の乳房だけが零れ落ちていた。

セシリアは慌てて胸を隠した。

なんてことをしてしまったんだろう。会って間もない男にこんな真似をさせるなんて。

「わ……私は……そんなつもりじゃ……」

ニコラスはムッとした表情で、向かい側にあるソファに移動した。

「そんなつもりじゃないのに、君は私の愛撫に応えたのか? 処女のくせにとんだ淫乱娘だな」

自分のしたことを恥じているのに、追い討ちをかけるような彼の冷たい言葉はセシリアの身体を強張らせた。今さっきまで、彼の腕に抱かれて夢見心地だった。足が震えて立っていられないくらい感じていたから、今も興奮の名残がまだ足の間に残っている。

「それとも……本当はもう処女じゃないのか？」

その一言はセシリアを瞬間的に激怒させた。

「私は純潔です！」

ニコラスは嘲笑しているような表情で、ニヤリと笑った。セシリアは彼の顔を睨みつける。

「純潔なのに、乳首を弄られるのは好きなのか？」

たちまちセシリアの顔はカッと熱くなる。あんな質問に真面目に答えるのではなかった。けれども、あのときはニコラスに何もかも委ねてみたかったのだ。

しかし、それもきっと気の迷いに違いない。快楽に溺《おぼ》れそうになっていただけだ。それもこれも、ニコラスのせいだ。自分に手を出してきたニコラスが悪いのだ。

「閣下の経験の豊富さが、私をあのようにしたのです。もう二度とこんなことはないように……」

「残念だが、セシリア。私は欲しいものは必ず手に入れる。特に、相手が本当に嫌がっていないと判れば、私を阻《はば》むものはない」

セシリアは大きく息を吸った。嫌がっていないと断定されては困るのだが、上手い言い訳が思いつかなかった。セシリアの身体がもう少しで彼を受け入れるところだったのは、自分でも判っている。

だが、これはただの欲望だ。愛ではない。それに、ニコラスはセシリアを愛人にしたいだけなのだ。彼は悪魔伯爵という名のとおり、セシリアを凌辱《りょうじょく》し、弄《もてあそ》び、最後にはきっと捨ててしまうだろう。

そんな目に遭うくらいなら、どんなに彼が欲しくても拒絶するしかない。自分の心を守るために。

「書斎を出ていくつもりなら、身支度をしなさい。可愛い胸を廊下で誰かに披露したくなければな」

セシリアは顔を赤らめて、乳房をシュミーズの中に戻し、ドレスの前ボタンをはめた。髪も完璧とは言えないが、なんとか乱れを直した。その間、ニコラスはブランデーのグラスを一気に傾けていた。セシリアはギョッとして彼のほうを見た。彼は鋭い目つきでセシリアを見つめている。

「……行け」

「はい……失礼します」

セシリアは立ち上がると、素早く書斎の外に出た。彼がとても恐ろしい。いつかニコラスは自分を変えてしまう。そんな予感がしたからだった。

それから、セシリアはなるべくニコラスと二人きりにならないようにと気を遣った。だが、彼のほうもまたセシリアと積極的に二人きりになろうとはしていないようだった。彼も仕事に忙しいのだろう。逃げているセシリアにいちいち構ってはいられないということだ。

日が経つにつれ、あのときのことが夢の中の出来事のように思えてくる。もちろん、彼の指や唇の感触はまだはっきり覚えていたが、できるだけ忘れるように努めていた。ただ、ニコラスと顔を合わせる度に、どうにも落ち着かなくなる。思い出したくなくても、思い出してしまうのだ。

彼はあのときのことをどう思っているのだろう。会えば形式的な挨拶をしてくれるものの、彼の視線だけは焼けつくように熱くて……。

もう一度キスされたら、今度は抗えるかどうか自信がなかった。いや、抗わなくてはいけないことは判っている。愛人なんかになるつもりはない。なれるはずがない。そんなことをしてしまったら、死んだ両親にも妹達にも顔向けができない。

それに、愛人なんかになったら、身体を弄ばれるだけだ。彼は決して人を愛そうとはしないのだから、いつかは飽きられて捨てられる。そんな運命を自ら選択したくない。上等のドレスも靴もいらないから、ニコラスの祖母マギーのよきコンパニオンとして、誰にも恥じない生き方をしたかった。

忘れなきゃ……。忘れるのよ。欲望に負けてはダメ。

セシリアは必死で仕事に打ち込んだ。毎日、懸命《けんめい》にマギーの世話をする。天気がよければ庭を散歩しながら、いろんな話をした。雨が降る日は部屋の中で本を読んであげ、話し相手になる。母の看護をした経験から、食事の世話や身の回りのことなど日常の世話も任せてほしいくらいだったが、そのために侍女がいるのだから、彼女の分の仕事を横取りするような真似はやめておいた。その代わり、マギーが侍女のメアリに頼みやすいように、間に立って指示をする。そのうちに、マギーもメアリと仲良くなってきた。

セシリアが忙しく働いているうちに、気がつけば数週間が過ぎていた。

ある朝、彼女は早く目が覚めてしまい、庭を一人で散歩に出かけた。この城の庭園は見事なもので、暖かくなってきた今の時季にはたくさん花が咲いている。手入れをされた花壇の中の小道をゆっくり歩いていると、馬の足音が聞こえてきて振り向いた。

堂々たる体格の葦毛《あしげ》の馬にニコラスが乗っている。彼を見た途端、セシリアの胸は高鳴った。

彼の長めの黒髪が朝日に当たって輝いている。肩幅は広く、鹿革ズボンに包まれた太腿がたくましい。彼の乗馬姿は完璧で、非の打ち所がない。まるで一枚の絵画を見ているようだった。

「閣下、おはようございます」

ニコラスはセシリアの傍まで来て、馬からひらりと降りた。コバルトブルーの瞳がセシリアを熱く見つめる。

「おはよう、セシリア嬢。朝の散歩か」

「はい、今朝は早く目が覚めてしまったので……」

ニコラスの乗馬は毎朝の習慣なのだろうか。それなら、自分も毎朝早起きをして、散歩をしようかなどと考えてしまった。二人きりでいることは好ましくない。彼を目にして、うっとりしてはいけない。そんなことは判っているのに、ついつい馬鹿なことを考えてしまう。

ニコラスは目を細めて、セシリアを見つめている。

「あの……何か？」

「いや、君の髪が朝日の光を受けて輝いている」

彼はセシリアと同じようなことを考えていたのだ。それなら、同じようにうっとりと見惚れてくれていたのだろうか。

「今日の髪型は好きだ。君の髪の美しさが引き立つ」

顔の横にある髪をねじって後ろで留め、後は下ろしている。ニコラスは手を伸ばすと、肩にかかっている髪に触れてきた。乗馬用の白い革の手袋越しで、直接触られているわけでもないのに、胸の鼓動が高鳴り、どうしていいか判らなくなる。

「閣下……あの……」

「私は今日ロンドンに発つ。しばらくここを留守にするから、祖母をよろしく頼む」

「ロンドンに……お出かけになるのですか？」

セシリアは自分ががっかりしていることに気がついた。彼がいなければ二人きりにならないように気を遣わずに済むということだ。喜ぶべきことなのに、何故だか喜べない。

「しばらくって、いつまでなんでしょう？」

「一週間か……十日くらいだ」

「まあ、そんなに」

その間、彼とは完全に顔を合わせることもないのだ。それでは、彼のこの熱い眼差しを感じることもない。それはあまりにも淋しい。

「セシリア……」

ニコラスはセシリアの頬に触れてきた。革越しに彼の掌《てのひら》の感触がセシリアに伝わってくるような気がした。

このままでは、またキスされてしまう。だから、一刻も早くここから立ち去らなくてはならない。そう思うのに、身体は動かない。

もう一度……もう一度だけキスしたい。抱き締められたい。

そして……。

セシリアは眩暈のようなあのひと時を思い出していた。

「ロンドンから帰ってきたら、君に似合う宝石を贈ろう。私のものになってほしい」

セシリアははっとして、後ろに身を引いた。

やはり彼はセシリアを愛人にすることしか考えていない。欲望に逸《はや》り、身体を弄ぼうとしているだけなのだ。そんな彼に惹《ひ》かれてしまってはいけない。そんなことになったら、後悔するに決まっている。

「そんなことはできません……！」

セシリアは身を翻《ひるがえ》して、城へと駆け戻った。

すごく胸が苦しくてたまらない。この気持ちがなんなのか判らない。けれども、何か危険な感情であることは確かだった。

ニコラスは城からいなくなった。しばらく帰ってこない。セシリアはホッとするべきだったが、彼がここにいないと思っただけで、何故だか妙に頼りない気分になってくる。

セシリアが庭にいるとき、よく彼が書斎の窓から強い視線を向けてくることがある。セシリアは必死で気づかないふりをしていたが、本当はかなり気にしていた。彼がいない以上、書斎の窓からあんな目つきで自分を脅かすように見つめる人間はいないということだが、なんだか物足りない気持ちになってしまうのだ。

彼のことが気になって仕方がない。それはよくない兆候だった。セシリアは自分の仕事に集中しようと努力を重ねた。

ある夜、セシリアはふと目が覚めた。妙に目が冴えてしまって、なかなか寝付けない。何度か寝返りを打った後、セシリアはベッドから起き上がった。カーテンの隙間から月明かりが見える。妙にそれが眩《まぶ》しく思えた。

セシリアは溜息をつき、室内履きを履いて、白いコットンのナイトドレスの上に大きめの温かな赤いショールを羽織った。もう四月になるが、夜中はさすがに少し冷える。オイルランプに火を灯すと、それを持ち、ドアを開ける。一階の図書室で本を物色して、眠くなるまで読書をするつもりだった。

図書室はニコラスの書斎の隣にある。ニコラスはまだロンドンから帰ってきていないから、ここにはいないはずだ。そして、こんな夜中に自分の他に誰も起きてはいないだろう。

そう思ったのに、書斎のドアの隙間から明かりが洩れている。

ニコラスが帰ってきた……！

セシリアは衝動的にそのドアを開けていた。

中には、思ったとおりニコラスがいた。暖炉《だんろ》の傍でソファに腰かけ、ブランデーを飲んでいる。黒いコートはソファに脱ぎっぱなしにしていて、クラヴァットも外されている。白い清潔そうなシャツとベストとズボンだけを身につけているニコラスは、ずいぶん疲れているように見えた。

「お帰りになっているとは知りませんでした。物音も聞こえませんでしたし」

「少し前に着いたんだ。誰も起こしたくなかったから、静かにしていた。食事は途中の宿屋で済ませたし、後は寝るだけだ」

「こんな夜中に馬車を……。危険ではありませんか？　もし事故でも起こったら……」

ニコラスは少し笑って、カーテンの開いた窓を指差した。

「今夜は満月だ。心配することはない」

確かに今夜は明るい。しかし、それほど急いで帰る必要があったのだろうか。

「そういう君は？　こんな夜中に何かあったのか？」

セシリアはかぶりを振った。

「私は目が覚めてしまって、本を探しに図書室に行く途中だったんです」

「なるほど。だが、夜は冷える。よかったら、こっちに来て暖まらないか？」

石炭が赤く燃えている暖炉はとても魅力的だった。だが、そこに近づけば、ニコラスと二人きりになってしまう。今でさえ危険な状態なのに、これ以上、ニコラスに近づくのは賢明とは言えない。

しかし、セシリアは暖炉に近づいていた。ニコラスと顔を合わせたのは、一週間ぶりだった。たったそれだけのことなのに、セシリアは彼のことがすっかり恋しくなっていたのだ。

もっと顔が見たい。声が聞きたい。そんな気持ちが湧き上がってきて、自分を止められなくなってしまう。

彼はセシリアを誘惑して、愛人にすることしか頭にないというのに、自分は小娘のように彼にのぼせ上がっている。そんな自分を哀れだと思うものの、もうどうしようもなかった。彼のことが気になって仕方がないのだから。

今日だけ……今だけ、彼の顔を見ていたい。ほんの少しの間、彼と話したい。身体が暖まるだけの十分間でもいい。それが過ぎたら、セシリアは席を立って、図書室に向かおう。最初の目的どおり、本を探してベッドに戻ろう。

セシリアはランプを消して、テーブルに置いた。そして、彼の向かい側のソファに腰かける。ニコラスは何もかも見透かすような眼差しで、じっとこちらを見ている。セシリアはナイトドレス一枚しか着ていない自分の格好に気づいて、慌ててショールを胸元で合わせると、その部分をきつく握った。

「寒いのか？　ブランデーも飲むといい」

　ニコラスはバーから新しいグラスを持ってきて、勝手に注ぐとセシリアに渡した。断るタイミングを逃し、セシリアはそれを受け取ると、少し口をつける。

「ブランデーなんて飲んだのは初めてです」

「身体が温まる。もっと飲むんだ」

　ニコラスが勧めるとおり、少しずつ飲んでいくと、体温が急激に上がってきたような気がした。ショールを脱ぎたくなったが、そういうわけにはいかない。これを脱いだら、あまりにも無防備な姿になってしまうからだ。

「こんな夜中に急いで帰る理由があったのですか？　お仕事のことで何か……？」

「いや……。だが、君に早く会いたかった」

　心臓がドキンと跳ね上がる。セシリアは驚いて、ニコラスの目を見つめた。彼の眼差しは焼けつくような熱いものになっていた。

　本当に彼は自分に会いたかったのだろうか。自分がそう思っていたように。彼もまたこうやって向き合って、話したかったのか。それとも……。

　彼の気持ちは欲望だけなのかもしれない。彼ははっきりと言ったはずだ。セシリアを愛人にしたいのだと。セシリアは彼の愛人にはなりたくない。そんな境遇に身を落としたくないのだ。

それなのに、自分はどうして席を立たないのだろう。身体はとっくに温まっているのに。

「君は……？　君はどうなんだ？」

セシリアは答えを促され、返事に困った。

「私は……」

会いたかったと言えるはずがない。言ったら最後、深みにはまってしまう。彼から離れられなくなってしまう。彼はきっとセシリアの気持ちを誤解するだろう。自分と同じように欲望があるから会いたかったのだと思い込むに違いない。

かといって、会いたくなかったとは言えない。彼は雇い主であるし、何より嘘はつけなかった。

いつまで経っても答えようとしないセシリアに、ニコラスは溜息をついた。

「それなら、質問を変えよう。君はそんな格好でどうして部屋を出てきたんだ？　上にガウンくらい着るのが常識だろう？」

セシリアは頬を赤らめた。

「……ガウンがないからです。持ってないわけではなくて、鞄に入らなかったので……」

あのときは他に優先すべきものがあった。ガウンより手持ちのドレスや下着を持っていくべきだと思ったのだ。

ニコラスは驚いたように眉を上げた。

「ガウンくらい、いくらでも買ってやる」

「あなたに買ってもらう必要はありません。お給金をいただいたら、すぐにでも用意しますから」

「君のその格好は私に襲ってくれと言わんばかりだ」

「そんなこと言ってません！」

　セシリアは思わず立ち上がった。だが、セシリアが出ていこうとする前にニコラスが動き、彼女の腰を後ろから抱いて自分の膝の上に乗せた。

「やめてください、閣下！　こんなこと……！」

「静かに。君は城中の人間をみんな起こしたいのか？」

　そう言われて、今が夜中であることを思い出した。熟睡している誰かを起こしたくないという気持ちもあったが、こんなところを誰かに見られたら羞恥のあまり死んでしまうとも思った。

　薄いナイトドレス越しにニコラスのズボンの膨らみが当たっている。セシリアはもぞもぞと動いて、彼の膝から逃れようとしたが、胸を摑まれて動けなくなった。

「やめて……」

「そう思うなら、この部屋に入ってはいけなかった。まして私に近づいてはいけなかった」

「判ってます。でも……あっ……」

薄い布越しに乳首を探り当てられて、指で撫でられる。たちまちそこが硬くなってきて、言いようもないくらい甘美な想いが湧《わ》き起こってきた。

「いや……やっ……あっ……」

「君が下着もつけずにこの薄いドレス一枚でいると思ったら……我慢なんかできるはずがないだろう？」

それは確かに意識していた。していたのに、立ち去ることができなかったのだ。

「君はこうなることを期待していたんじゃないか？」

「ちが……う……ああん……」

両方の乳首を弄られて、セシリアは身悶えた。たまらない。我慢できない。もっとちゃんと触ってもらいたい。

そう。この間のときのように……。唇で吸われ、舌で愛撫してもらいたい。

セシリアは自分の頭に浮かんだ考えを打ち消そうとした。だが、どうしても打ち消せない。欲望は大きくなるばかりで、正常な思考ができなくなっていた。

ニコラスの手は胸から離れ、足元へと移っていた。足首まであるナイトドレスの裾を持ち上げている。それに気がついたとき、セシリアは必死でそれを止めようとした。

「ダメ。ダメよっ……。そんなことしないで……」

「君の足を見たい。いや、触りたいんだ」

ニコラスの声が掠れている。それがとても淫らに聞こえてしまい、セシリアは何故だか身体がゾクゾクしてきた。

寒いわけではなく、逆に身体が熱くなる。身も心も燃え上がり、ニコラスの言うとおりにしたくなってくる。いけないと判っていながらも、止められない。

ニコラスの手はナイトドレスの裾の中に入っていく。セシリアのふくらはぎを撫で、やがて太腿まで露になった。恥ずかしいのに、もっと触れてほしい。セシリアはそんな想いでいっぱいになる。

「足を開いて」

セシリアははっと息を呑んだ。ニコラスはセシリアの返事を待たずに膝を割り、内腿に手を這わせる。セシリアの足は震えていた。足だけでなく、身体全体が震えている。だが、それが嫌悪のためではないことは、自分がよく判っていた。興奮しているのだ。だから、ニコラスを止められない。

誰にも触れさせたことのない秘密の部分を、ニコラスの指が撫でる。

「あ……やっ……」

セシリアの身体はビクンと揺れた。ほんの少し撫でられただけで、過剰に反応してしまう。それくらい、セシリアはそこに神経を集中させていた。

「濡れている」

「濡れて……る？」

「知らないのか？　男を受け入れる準備ができているという印だ。ほら……」

ニコラスが指でそこを優しくつつくと、確かに水音がした。

「やだ……。恥ずかしい……」

自分がナイトドレス一枚の姿で男の膝の上で足を広げていて、大切なところを触られているこ と自体が恥ずかしいのだが、弄られて濡れていることのほうがずっと恥ずかしいような気がした。

男を受け入れる準備なんて……。

そんなつもりはないのに。

ニコラスはゆっくりと入り口の部分をなぞるようにして撫でていく。すると、中からとろりと何かが染み出してきた。

「触ると、もっと濡れてくる。君の身体は私のことを欲しがっているようだ」

セシリアは反論しなかった。いくら口で違うと言ったところで、身体が裏切ってしまっている。実際、セシリアはもっと先のことをしてもらいたくなっていた。

ただ、セシリアは先のことがなんなのか、よく判らない。とても痛いものだとか、とても気持ちいいものだとか、伯父の女中達が話しているのを小耳に挟んだことがあるくらいだ。けれども、セシリアはたとえ痛いものだとしても、それをニコラスと経験してみたかった。

「ここが君の花びらだ。……花びらの中を探検してみようか」

指が強く押しつけられた。はっと気がついたときには、内部へと指が侵入している。

「ニコラス……っ」

気がつけば彼の称号ではなく、名前を呼んでいた。本当はやめてと言いたかったのに、その一言が言い出せなかった。ここでやめるのは嫌だ。もっとしてほしい。セシリアは欲望の虜となってしまっている。

指が一本、深く差し込まれ、セシリアは息もつけないほど興奮している。だが、それはニコラスも同様で、セシリアのお尻に硬いものが押しつけられていた。

「君の中は……熱くて柔らかい……」

ニコラスはその指を前後に動かしていく。中に入れられているのは一本だけだが、他の指や掌はその周囲に触れていた。ニコラスの親指が柔毛をかき分けて、ある部分を撫でた。

セシリアの身体がビクンと震えた。

「やだっ……何っ……なんなの？」

「ここに可愛い真珠《しんじゅ》が隠されている」

「真珠……？　なんか変……ああっ……」

そこに触れられるだけで、身体がガクガク震えてくる。今まで感じたことのない快感の源のようなものがある。セシリアは自分の身体が普通の状態ではなくなったことに、恐れを感じた。

どうしよう。どうしたらいいの。

もう何も判らない。ニコラスの指が入れられているところから、またとろりとした液が出てくるのを感じた。きっと、ニコラスの手を濡らしてしまっている。信じられないくらい恥ずかしいのに、もっとしてもらいたくなってくる。

これは紛れもなく欲望だった。セシリアはこの行為に夢中になってしまっていた。

彼の指がセシリアを犯している。何度も何度も奥まで入れられて、それでも物足りなくなってくる。

もっと……もっと……。

セシリアの頭の中にはそれしかなかった。

どうにかしてほしくて、セシリアは腰を揺らした。ニコラスの股間にある硬いものに、自分のお尻を擦りつけるような動作までしてしまう。

だが、無情にもニコラスは指を引き抜いた。そして、ナイトドレスの裾を元どおりに直してしまった。

「あ……やだ……っ」

セシリアは泣きそうな声を出した。身体の震えが止まらない。こんな中途半端でやめられても、元の自分には戻れなかった。満足するまでしてもらわなくては、頭も身体も変になりそうだった。

「この部屋では、ここまでしかしない」

「ニコラス……っ」

セシリアは身体をよじって、彼のほうを振り向いた。ニコラスは唇を引き結んでいる。何か彼の気に障るようなことをしただろうか。覚えがない。彼だって、ここまででは不満なはずだった。

「いやっ……続きをして……お願い」

ニコラスはセシリアを膝から下ろすと、自分の隣に座らせた。このまま彼は自分の部屋に帰れと言うのだろうか。そんなことは耐えられない。自分からニコラスに抱きついて、キスを奪ってしまいたいくらいなのに。

ニコラスはセシリアの頬を両手で包み、目を合わせた。ニコラスの目もセシリアを欲している。それは間違いなかった。

「セシリア……私の寝室に行くか、それとも一人で自分の寝室に帰るか、どちらかを選ぶんだ」

彼はセシリアに決断を迫っている。自分の愛人になるか、それとも欲望を抑え込んで我慢するのか、どちらかを選べと。

「そんな……」

「君が自分で選べ。私は強制しない」

本当は強制したいに決まっている。けれども、セシリアに選択の余地を残してくれたのだ。

愛人になるか。それとも……。

理性は一人で部屋に帰るようにと囁いている。けれども、彼と触れ合いたい気持ちは、もう我慢ができないところまで来ていた。

この一週間、ずっと彼に会いたかった。顔も見たくてたまらなかった。他愛ない会話でもいいから、言葉を交わしたかった。その深みのある低い声を聞きたかった。

彼の広い肩やたくましい腕、長い足も好きだった。少しクセのある漆黒の髪、時々、意地悪なことを言う唇も好きでたまらなかった。コバルトブルーの瞳に見つめられると、身体が熱くなる。触れられると、燃え上がってしまう。

もう……我慢できない。

彼が欲しかった。自分のものにしたい。彼の心までは手に入れられないかもしれないが、身体だけでも欲しい。彼に抱かれて、自分のものだという印をつけたい。

それは愚かな考えかもしれない。ニコラスは伯爵で、自分は没落貴族の娘。平民と同じだ。結婚してくれるわけでもなく、ただ一時の慰み者になるだけだった。そのうち、飽きられて捨てられるに決まっている。

だが、それでも今は彼が欲しい。彼に抱かれたい。彼でなければ嫌だった。

セシリアはニコラスの瞳を見つめながら、震える口を開いた。

「あなたの部屋へ行きます」

そう言った途端、セシリアは彼に引き寄せられて、激しく口づけをされた。お互いの渇望を表現するかのように、舌を交わらせる。やがて、セシリアがすすり泣きのような声を洩らすと、ニコラスは唇を離した。

そして、書斎のランプの火を消し、暖炉の赤々とした光だけを受けた彼は静かにセシリアを抱き上げた。


ニコラスの寝室に入ったのは初めてだった。同じ階だが、セシリアの寝室とはずいぶん離れている。というより、彼の寝室は他の誰の部屋からも離れていた。

「暖炉に火を入れようか?」

セシリアをベッドに下ろした彼はそう尋ねた。セシリアはショールを下に落としてかぶりを振った。

「いいの……」

身体はまだ熱い。暖炉など必要ないくらいに内側は燃え盛っていた。しかし、自分で決心してここに来たのに、いざとなると尻込みをしてしまう。これから自分はどんな経験をするのだろう。セシリアはその手の知識には疎《うと》かったのだ。

ニコラスは手探りでベッドの傍のテーブルにあったランプに火を灯した。部屋全体が明るくなり、豪奢《ごうしゃ》なベッドも重厚な家具も視界に入ってくる。

「どうして明かりをつけるの？」

「君がよく見えるように」

「私は見られたくないわ」

「私は見たいんだ」

ニコラスは尊大な態度でベッドに腰かけ、ベストを脱ぎ、シャツのボタンを外していく。彼のシャツの胸元から肌が覗いている。セシリアは自然とそこに目が吸い寄せられた。

「……君も見たいのか？」

「そうみたい」

隠しても仕方がないから、セシリアは認めた。彼の身体に興味がなければ、ベッドに運ばれるようなことはなかっただろう。

「それなら……」

ニコラスは咳払いをした。

「まず、君がナイトドレスを脱ぐといい」

どうして自分の順番が先なのだろう。しかも、自分で脱ぐように命令するなんて、ずいぶん横暴だった。だが、セシリアはすでに彼の愛人だった。愛人は庇護主《ひご》の命令を素直に聞くのが当たり前かもしれない。ニコラスが妙に威張っているように見えるのは、そのせいかもしれなかった。

セシリアは躊躇《ためら》ったが、ここまで来て恥らっていてもどうしようもない。ナイトドレスの前にあるボタンを外して、思い切りよく脱ぎ去った。脱いだドレスを床に落とし、ニコラスに目をやる。

彼はこちらを凝視していた。そんなに見つめられると、羞恥心が呼び起こされてくる。セシリアは思わず自分の腕で身体を隠そうとした。

「隠すんじゃない」

「だって……じろじろ見るんだもの」

「見るために脱がせたんだ」

ニコラスはセシリアの髪に触れ、三つ編みにしていたリボンを取った。そして、髪に手を差し入れ、三つ編みを解いていく。

「綺麗な髪だ……。最初、君と会ったときから、ずっとこれが見たかった。こんなふうに髪を解いてベッドに全裸でいるところだ」

森の中で会ったときに、彼がすでにこんな想像をしていたとは思わなかった。セシリアはただ彼の容姿に見惚れていただけだったのに。

「あなたは……まだ脱いでないわ」

「それは後のお楽しみだ」

ニコラスはセシリアをベッドに寝かせると、唇を奪った。ずるいと思ったが、いずれ彼も服を脱ぐだろう。そのときは、自分も彼の肉体を鑑賞することができる。セシリアだけが恥ずかしい目に遭うのは公平ではないからだ。

「君の身体は美しい……。完璧だ」

ニコラスの唇がセシリアの首から胸元へと下りていく。膨らみのひとつに辿り着き、尖《とが》った頂を口に含んだ。

「はぁ……あ……あんっ……」

セシリアの口から甘い声が洩れる。ここに来た最初の日にそこにキスされたことを、セシリアはずっと繰り返し考えていた。思い出す度に、乳首が硬くなり、なんとも言えない淫らな衝動を感じた。

もう一度だけでもいいから、これを味わいたかった。乳首を彼の口に含まれてみたかったのだ。

片方を口に含まれ、もう片方は乳房全体を柔らかく揉まれている。自分の身体が自分のものではないようだった。ニコラスの所有物であるような気がしてならない。彼の自由になる身体だった。

実際、ニコラスが乳首を舌で転がそうが、指で弄ろうが、セシリアは抵抗しなかった。それどころか、自分から差し出したいような気分になっていた。

「ああっ……もっと……」

セシリアは背を反らし、彼の口に自分の胸の先端を押しつけた。興奮の度合いが大きくて、自分が何をしているか判らなくなってくる。たとえ判っていたとしても、とてもやめられない。セシリアはこの行為に夢中になっていた。

ニコラスはセシリアのウエストを柔らかいタッチで撫で、腰やお尻も気持ちよくなるまで撫でていく。セシリアは彼の腕の中で身体をくねらせた。もっと触れてほしい。もっとキスしてほしい。その欲望は大きくなるばかりだった。

ニコラスは臍《へそ》の周囲にも唇を這わせた。柔毛を撫で、太腿にもキスをする。セシリアは気持ちよすぎて呻き声を上げた。

「さっきみたいに……して」

セシリアは躊躇いがちに言った。続きをしてくれるという約束だった。はしたないことかもしれないが、もう一度、彼の指を自分の中に感じてみたかった。

「続きをするには、足を開かなければならない」

さっきはナイトドレスを着ていた。それに、ニコラスはドレスの中を覗く位置にはいなかった。しかし、今、足を開けば、大事な部分がニコラスに見られてしまうだろう。

指で弄ってほしいと思っているのに、見られるのが嫌というのは理屈に合わない。それでも、セシリアは恥ずかしかった。本来なら、夫となる男以外には見せてはならないところだ。しかし、それを言ったら、夫となる男以外とベッドに入ってはいけないのだ。

今更、恥ずかしがっていても仕方がない。ニコラスはセシリアが自ら足を開くことを望んでいる。それこそ愛人に対する権利のように命令しているつもりかもしれない。

セシリアは思い切って足を開いてみた。

「まだだ。そんな開き方では、続きをする気にはなれない」

「そんな……っ」

セシリアは徐々に足を広げていった。ニコラスの視線は恥ずかしい部分に向けられている。凝視していると言ってもいい。顔を真っ赤にしながら、セシリアはいっぱいに広げた。

「これで……いい？」

ニコラスは無造作にセシリアの太腿の裏側に手を当てると、ぐいと押し上げた。隠されていた部分もすべて彼の目に晒されている。セシリアは息もつけないほど驚いた。こんな真似をされるとは思っていなかったからだ。

「やめて……！」

セシリアはもがいたが、しっかり太腿を押さえられていて、足を下ろすことができなかった。ランプの明かりですべてが見えているはずだ。

「見ないで！　せめて……せめて明かりを消して」

「何故だ？　君の身体の隅々まで見たいと思うのは、いけないことなのか？」

「だって……恥ずかしい」

ニコラスはふっと笑った。

「すぐに君は恥ずかしいなんて言わなくなる」

どういう意味だろう。純潔でなくなれば、恥ずかしくもなくなるということなのか。セシリアには信じられなかった。

不意に、ニコラスが太腿の裏側にキスをしてきた。身体がビクンと大きく震える。場所は足であるが、そこに顔を近づけられるだけでも感じてしまう。まして、キスをされれば、セシリアは彼の愛撫に悶えるしかなかった。

「やっ……あん……ああっ……んっ」

そんなところを舌で舐められている。けれども、位置がもう少しだけ横にずれたら……。

セシリアはそう思ってしまった自分が恥ずかしくなってくる。けれども、乳首を舌で転がしたように、もっと敏感《びんかん》な部分を舐められたら、自分は一体どうなってしまうのだろう。

その答えはすぐに判った。ニコラスは唇をずらしていき、花弁に辿り着いた。

柔らかい舌が優しくそこを舐めている。セシリアは身震いをした。今、自分はとても罪深いことをしている。それだけは間違いない。

「んっ……ふっ……んんっ……んっ」

セシリアは自分の中から蜜が後から後から溢れてくるのが判った。彼の唾液と混じってしまって、その部分はもうびしょびしょに濡れているだろう。舌は入り口に沿って、ぐるりと舐め回していたが、そのうちに内部へと忍び込んでくる。彼が溢れる蜜を舐めているのだと気がついたとき、セシリアはどうしようもない渇望を覚えた。

もう、どんなことでも受け入れる。ニコラスが与えてくれる快感がもっと欲しい。もっと淫らなことも自分からやってしまいそうだった。

ニコラスはやがて最も感じる部分をそっと舐めた。途端に、セシリアの身体が跳ねた。

「ああっ……」

彼の言う『真珠』だ。小さな突起を舌でつつかれている。セシリアは身体がガクガク震えるのを止められなかった。あまりにも感じすぎて、どうにかなってしまいそうだった。

ニコラスの指が内部に挿入されていく。セシリアは二箇所を同時に刺激され、思わずギュッと彼の指を締めつけてしまった。その反応に、ニコラスが忍び笑いのようなものを洩らす。

「気持ちいいか?」

「あっ……やぁ……あっ……」

セシリアはとても彼の質問には答えることができなかった。だが、答えなくても、ニコラスには判っていたに違いない。ニコラスは再びセシリアの股間に顔を埋めると、一心不乱に舐めていく。そして、中に入れた指をそっと動かし始めた。

ギリギリまで抜き、そして、挿入する。その繰り返しはニコラスの舌の動きと連動していた。セシリアは身体をビクビク震わせて、急激に高まっていく。身体が熱くて、他のことは考えられない。セシリアの中の炎が瞬く間に燃え上がって、すべてを燃え尽くそうとしていた。

「あぁぁっ……」

快感がセシリアの全身を貫く。一瞬、身体が浮き上がったかのように感じられた。それから後は快感の余韻《よいん》に身を任せる。セシリアには初めての体験だった。

心臓の音がニコラスに聞こえてしまいそうだと思った。ドキドキしていて、呼吸も荒い。自分が何か素晴らしいことを経験したと判ったが、それがなんなのかも理解できていなかった。

ただ、とても気持ちいいのは確かで……。

それをもたらしてくれたのはニコラスだった。

ニコラスは指を引き抜き、自分の衣類を急いで取り去った。セシリアは現れた彼の全身を見て、ぽかんと口を開いた。

あまりにも立派すぎる……。

特に、股間に生えているものはとても容認できない大きさだった。ニコラスはそれをセシリアの足の間に押し当てようとしていた。

「待って……。そんなの無理よ！」

ニコラスはちらっとセシリアの怯《おび》えた顔に目を走らせた。

「無理じゃない」

絶対、無理だと思う。そんなものを入れられたら死んでしまう。セシリアはそう思ったものの、それを口に出す暇がなかった。

「あっ……」

秘所に押し当てられ、セシリアは痛みを感じた。

「痛い……っ」

「痛いのは一回だけだ。それが過ぎれば、痛くなくなる」

そう言われても、痛いものは痛い。セシリアは涙の滲《にじ》んだ目でニコラスを睨もうとした。

だが、ニコラスも徐々に己のものを沈めていて、とてもつらそうに見えた。セシリアは急に彼を慰めたくなって、彼の背中に手を回した。

身体を貫く凶器。これが彼のものなんだわ。

そう思うと、ドキドキしてきた。今から、二人はひとつになる。ニコラスが自分のものとなる瞬間が来るのだ。

ニコラスは動きを止めた。痛みは最高潮に達している。セシリアは目を強く閉じていた。そのとき、彼がぐっと腰を進めた。

「ああっ……！」

鋭い痛みが走ったかと思うと、彼のものがすべて自分の中に入ったことが判った。セシリアは息を吐いて、ニコラスの背中に回した手を自分のほうに引き寄せた。

「セシリア……」

ニコラスは優しくキスをしてきた。まるで痛みを感じさせたことに対する謝罪のように思えた。

「痛かったか？」

彼はセシリアの髪をゆっくりと撫でながら尋ねた。彼の裸の胸と自分の胸が触れ合っているのが、とても心地いい。セシリアはとても満ち足りた気分だった。

「少し……」

本当はとても痛かった。だが、過ぎてみれば一瞬のことだった。自分が危険な橋を渡ってしまったという自覚はあったが、今は彼を手に入れた満足感のほうが大きい。

こんなふうに彼の体温を感じていたかった。抱き締められて、キスをされ、全身で彼の身体の重みを感じている今、幸福感が胸に溢れてくる。これは欲望とは別のものだ。快感だけを追い求めていたのなら、こんなに幸せな気持ちになるはずがない。

このまま、ずっとこうしていたい……。

そう思っていたのに、不意にニコラスが身を引こうとした。セシリアは慌てて彼の背中を引き戻そうとする。

「ダメ。まだ離れちゃ嫌」

ニコラスは苦笑しながら、セシリアの頬を撫でた。瞳がきらめいていて、セシリアはドキッとした。

「まだ終わっていない」

「えっ……違うの？」

「ここで終わりだったら、私がつらい」

ニコラスは軽く腰を引き、それから再び奥へと突き入れた。

「あっ……な……なにっ？」

それを何度か繰り返されて、セシリアは身体の内部に甘く蕩《とろ》ける感覚を覚えた。激しい快感ではなく、じんと痺れるような熱いものだった。

「やだ……奥が……」

「奥が気持ちいいのか？」

ニコラスはさっきより強く突いてくる。セシリアは自分から腰を揺らした。

「んっ……あっ……奥が……いいのぉっ」

セシリアはその甘い疼《うず》きをもっと味わいたくてたまらなかった。ニコラスは彼女を抱き締め、深く口づける。セシリアは我を忘れて、彼の舌に自分の舌を絡めた。もう無我夢中で彼の首にしがみつく。

やがて、ニコラスは顔を離すと、セシリアの腰を抱え上げるようにして、奥まで更に突いてきた。角度が変わり、より深く内部に突き刺さっている。ニコラスと繋がっている部分から蜜が流れ出し、そこはすっかり蕩けていた。もう痛みなんか感じない。あるのは、陶酔に似た感覚だけだった。

自分がどこにいて、何をしているかなんて関係ない。ただ目の前の快楽に酔っていたいだけだった。セシリアは彼の肩に手をかけ、自分のほうに引き戻した。

キスしたい。もっと……もっと、彼のことが知りたい。

深く口づけを交わす。その間にもセシリアの身体は高まっていって……。

耐えられないほどの快感に襲われ、身体を強張らせた。そして、ニコラスもセシリアを強く抱き締めると、セシリアの奥へと自分自身を押しつけてきた。

彼の呻く声を耳にして、身体がゾクリとする。ニコラスは急に身体を弛緩《しかん》させて、セシリアの髪を何度も撫でた。お互いの鼓動のリズムが元のとおりになるまで、ニコラスはそのままじっとセシリアの中にいた。

気だるいのに、まだ行為の余韻《よいん》が残っている。ニコラスはセシリアに軽くキスをして、身体を起こした。自分の中から彼が出ていくとき、セシリアは少し残念な気持ちがした。もっと彼と触れ合っていたかったからだ。

二人の身体は離れ、ニコラスは改めてセシリアの裸身を眺めた。今まで裸で抱き合っていたのに、見つめられると、恥ずかしくなってきて上掛けの中に潜り込もうとした。

「隠さなくていい」

「でも……そんなに見られると……」

ニコラスは優しい手つきでセシリアの白い肩に触れた。そして、腕をさっと撫でていく。

「綺麗だ。君をずっと見ていたい」

セシリアは綺麗だとか美しいだとか言われることはよくあった。子爵令嬢として大切に育てられていたときはそうでもなかったが、伯父の家に来てからは、遠慮なしに村の男から声をかけられていた。だから、自分でもそれなりの容姿だと思っている。しかし、誰に言われるより、ニコラスに言われたほうが嬉しい。彼の褒め言葉はセシリアの心に染み入った。

「だが、そういうわけにもいかないな」

ニコラスはセシリアから目を離し、裸のままベッドを下りた。そして、化粧室へと消えると、濡らしたタオルを手にして、ベッドに戻ってきた。

セシリアの足を無造作に摑むと、大きく広げる。セシリアは小さな悲鳴を上げた。

「やだっ。何するの！」

「拭いてやるだけだ」

ニコラスは有無を言わせずセシリアの秘部にタオルを押し当てた。そして、丁寧に汚れた部分を拭き取っていく。

「血が……！」

あの痛みは血が出るようなものだったのだと、セシリアは気が遠くなりそうになる。

「最初だけだ。次からはこんなことはなくなる」

自分は男女の行為について、伯父の女中から聞いた噂話程度のことしか知らない。それに比べて、ニコラスは詳しく知っていた。知りすぎているほどだ。男の側だけでなく、女の側の事情も知っているようだった。

きっと、たくさんの女の人とこんなふうに夜を過ごしたのね……。

そう思うと、セシリアは胸が苦しくなった。ニコラスが自分のものだったのは、ほんの一時だった。このベッドの中にいるときだけは、確かにセシリアのものだったが、今はもう違う。

彼は伯爵なのだ。セシリアは彼にとって愛人でしかなかった。

ニコラスは優しくセシリアを拭くと、自分の身体も綺麗にした。セシリアはようやく身体を起こして、脱ぎ捨てたナイトドレスを拾って着る。その間にニコラスも着ていたものを身につけた。

「ここはあなたのベッドでしょう？　出ていくのは私のほうだわ」

本当は朝までここにいたい。彼と一緒にいたかった。けれども、未婚の女性がそんな真似をしてはいけないのだ。たとえ、自分が彼の愛人だったとしても、それは同じだ。守るべき体面というものが未婚の女性には存在する。もっとも、セシリアはすでに良家の娘という立場ではないのだから、体面が傷つけられたとしても、誰も気にしないかもしれない。

「君の部屋まで送っていこう」

「大丈夫よ。それより、二人でいるところを誰かに見つかりたくないもの」

ニコラスはセシリアをショールで包んだ。

「君をこんな無防備な格好で城をうろつかせたくない。それくらいなら、誰かに見つかったほうがましだ」

そういうものなのだろうか。この格好は確かにはしたないし、男性に見られては困るものではあるが、こんな夜中にニコラスと二人でいるところを見つかることのほうが大事件だと思う。

ニコラスはセシリアをベッドから抱き上げた。

「歩けるわ！」

「判っている」

セシリアは仕方なく彼の首に手を回した。判っているのに、どうして自分を歩かせないのか不思議でならなかった。ニコラスはセシリアを部屋の前まで連れていき、そっと下ろした。

「ありがとう……閣下」

その呼び方を聞いて、ニコラスは一瞬、眉をひそめた。

「おやすみ、セシリア」

ニコラスはセシリアの肩を抱き寄せ、軽く唇を重ねる。彼の温もりが離れていくことを、セシリアは淋しく思った。


翌朝、ニコラスは書斎で仕事をしていた。必要な書類に目を通し、サインをしたり、手紙を書いたりしていたが、あまりはかどっているとは言いがたい。

理由は判っている。昨夜のことだ。セシリアを抱いたこと。

あの娘をベッドに連れていきたいと、初めて会ったときから思っていた。願いがかなった今、彼女をどんなふうに扱ったらいいのか頭を悩ませている。

セシリアは祖母のコンパニオンとして、この城にいる。いきなり、自分の愛人として扱うわけにはいかない。使用人の手前もあるし、何より祖母が怒るに決まっている。セシリアは貴族の娘なのだ。愛人にしたことを知られたら、なんと言われるだろう。

だが、ニコラスは彼女を手放す気はまったくなかった。ロンドンで仕事をしているときも、ずっと彼女のことが頭から離れなかった。夜中に馬車を飛ばして城に帰りたくなるくらい、彼女を自分のものにしたくてたまらなかった。

昨夜、セシリアが書斎に来なかったら……。しかも、あんな格好をしていなかったら、まだ抱いてはいなかったかもしれない。だが、一度抱いた以上、ニコラスは彼女にふさわしい待遇をしたかった。あの美貌にふさわしいドレスを着せ、美しい靴を履かせる。ロンドン中のどんな貴婦人より、彼女はそうするに値するレディなのだ。

セシリアをどこかにやったらどうだろう。この近くに屋敷を買い、妹達と三人で住まわせる。なんならロンドンでもいい。タウンハウスを彼女が好きなように改装させても構わなかった。ニコラスは彼女が望む暮らしをさせてやりたいと思った。

そんな空想にふけっていると、書斎のドアがノックされた。セシリアだ。朝食を取ったら書斎に来るようにと、マシューズに伝言を頼んでいたからだ。

「閣下、私からもお話があります」

セシリアは入ってくるなり、決然とした顔でそう言った。ニコラスは嫌な予感がした。

彼女の頑固さは尊敬に値するかもしれないが、この場合は歓迎しない。

「まず、私の話を聞いてもらおう」

机の前に椅子があり、セシリアをそこに座らせた。今日のセシリアはとても血色がいい。青いドレスは色褪せていて、裾は擦り切れていたが、そんなことは関係ない。彼女は今まで以上に美しかった。

「身体のほうは平気か？」

一瞬、彼女は怪訝《けげん》そうな顔をした。次の瞬間、頬を薔薇《ばら》色に染める。あまりの可愛らしさに、ニコラスは彼女を抱き締めたくなった。

「はい、大丈夫です」

小さな声でセシリアは答えた。

「君と私の関係は、昨夜から変わった。それは君も納得していると思うが、これからのことを話し合いたいと思っている」

「そのことですが、私はこれからも閣下との関係を変えたいとは思っていません。これまでどおり、お祖母様のお話し相手をさせていただければと……」

ニコラスは眉をひそめて彼女を見つめた。彼女はニコラスの視線を受けて、まっすぐに見つめ返している。彼女は頑固で勇気がある。それは確かだ。

「つまり……私の愛人にはなりたくないということかな」

「そうです。私は……閣下の豊富な経験の犠牲になっただけですから。昨夜のことはどうぞなかったことにしてください」

それが、一晩かけて自分のベッドで彼女が考えた結論のようだった。つまり、昨夜のことは気の迷いだったと言いたいのだろう。だが、もちろんそんな言い逃れを認めてやる気はまったくなかった。

やっと手に入れたのだ。悶々としながら、いつも彼女のことを考えていたのに、一度抱いただけで満足することはできない。何より、自分の腕の中で彼女を庇護し、甘やかしたかった。

そうだ。彼女はまだ気づいていないだけだ。愛人になれば自分がどれだけのものを手にできるか、彼女はまだ判らないだけなのだ。この機会を逃せば、手に入らないものがある。それも永遠に。

ニコラスは机に肘《ひじ》をつき、組んだ手の上に顎《あご》を乗せた。そして、もったいぶった態度で尋ねてみる。

「君は無理やり私が抱いたと言いたいわけだ？」

「いえ、そんな……」

「昨夜、君はベッドでなんと言ったかな。……もっとして、とか。奥がいいの、とか」

セシリアの頬はたちまち真っ赤になった。膝に揃えた手がギュッとドレスの生地を握っている。

「それは……言ったかもしれませんが、その、普通の状態ではなかったので」

「そうだろうな。君は私の祖母のコンパニオンを続けたいと言う。しかし、そうなると、君の『奥』まで入って、君を悦ばせることはできなくなる。知っているかな？　愛し合うにはいろんな方法があることを。たとえば、君を後ろから抱き締めて、そのまま奪うこともできるんだ」

「そのまま……奪う？」

セシリアの目は大きく見開いている。想像もしたことがないのは、その様子を見れば判る。しかし、セシリアは興味を惹かれている様子だ。彼女は男に抱かれる快感を知った。もはや何も知らない頃には戻れないだろう。

「君には家を用意しよう。そこで好きなだけ可愛がってやろう。君が満足するまで、何度も何度も……キスをして、抱き合って……」

セシリアの視線は宙を漂い始めた。ニコラスの言った生活を思い描いているのだ。

「君は一日中、そこで好きなことをすればいい。馬に乗りたければ、いい馬を用意しよう。馬車は二頭立てがいいか？　ロンドンでオペラに連れていってやろう。一緒に舞踏会に行ってもいい。ワルツは好きか？　君はただ、私を温かく迎えてくれるだけでいい。なんなら、妹を呼び寄せてもいい」

その瞬間、セシリアは現実に立ち戻っていた。夢見るような顔が急に冷静な表情に戻った。

「妹達を伯爵の愛人の妹という立場にするつもりはありません！」

セシリアは力強く立ち上がった。全身から何か決意のようなものが漂っている。妹の話を持ち出したのは、明らかに大失敗だった。

そのとき、書斎のドアがノックされた。

「閣下にお会いになりたいという方がいらっしゃいました」

「そんな約束はしていない。誰だ？」

「ミスター・ウィロビーとおっしゃる方で……」

セシリアは大きな声で叫んだ。

「伯父様だわ！　どうしてここが判ったの？」

彼女は真っ青になっている。失神するかもしれないと思い、ニコラスは慌てて立ち上がり、机を回って、セシリアを支えた。

「大丈夫だ。私が君を守る」

セシリアはニコラスの腕の中で涙ぐんでいた。彼女のような気が強く頑固な女性でも、これほど恐れる伯父とは一体どんな男なのだろう。

「君の伯父さんは君にどんな仕打ちをしたんだ？」

「住むところと食べ物をくれたわ。綺麗なドレスの代わりに粗末なドレスを。それから、家の雑用。触られるのも嫌な婚約者……。いえ、まだ婚約はしてないけど」

　セシリアが一番嫌なものが判った。彼女が家出をした原因は伯父ではなく、結婚相手とされている老人なのだ。

「判った。伯父さんは絶対に追い返す。必ず君を守るから、裏階段から自分の部屋に行きなさい」

「でも、私の伯父です。私が話をします」

　倒れそうになっているのに、どうしてここまで意地を張るのだろう。それが不思議でもあり、セシリアの魅力かもしれないと思った。普通の女性なら、こんなときに無理しようと考えないものだ。

「伯父さんは私に会いにきたんだ。ここは男同士で話し合ったほうが、こじれずに済む。いいから、全部、私に任せなさい」

　セシリアはやっと納得したようで、書斎を出ていった。彼女が二階に上がったことを確認して、マシューーズにミスター・ウィロビーを書斎へと案内させる。ニコラスは机につき、尊大ぶった態度で彼を迎えた。

「ミスター・ウィロビー、あなたと会う約束をした覚えはないが」

　ウィロビーは流行遅れの上着を身につけているが、恐らくそれが精一杯の晴れ着なのだろう。ニコラスに気後れするまいと、胸を張って厳しい表情をしていたが、どこか落ち着きがなかった。下卑《げび》た印象の小男で、セシリアと血が繋がっているのが信じられなかった。

ニコラスはわざと椅子を勧めなかった。早く帰らせたいからだ。それに、今までセシリアが座った椅子に、この男を座らせたくなかったのだ。

「私の家出をした姪がここで働いていると聞いてきました。率直に言うと、姪を返してもらいたいのです」

「あなたの姪とは？」

「セシリアですよ！　セシリア・クリスティ。ここにいるのは判っているんですよ。数週間前に家を出てから、私はずっと捜しておりました。若い娘が一人で家を出るなんて、とんでもないことです。すぐに連れて帰りたいので、早く呼んでください」

ニコラスは彼の独善的な態度に、腹を立てていた。最初からセシリアを渡すつもりはなかったが、彼を見て、その思いが余計に強くなる。

「どうして彼女がここにいると判ったんだ？」

「手紙です。セシリアはうちの女中の一人を使って、妹達と手紙のやり取りをしていたんです。それを押さえましてね。読んだら、閣下の城にいると書いてあるじゃありませんか。大急ぎでやってきたというわけです」

セシリアは手紙を出さずにはいられなかったのだろうが、あまりにもうかつだ。しばらく我慢すれば、彼も捜すのを諦《あきら》めたかもしれないのに。

「セシリア嬢は私の祖母のコンパニオンとして働いている。しっかりしたお嬢さんで、祖母は彼女が気に入っているようだ。できれば、このまま働いてもらいたいのだが……」

「冗談じゃありません。セシリアは結婚を控えているんです。相手は立派な紳士ですから、大層お怒りですが、今もセシリアを待ってくださっている。私がこの上ないほどの相手を見つけてきたのに、セシリアときたら、感謝の気持ちもない」

ニコラスは思わず溜息をつきたくなった。

「セシリア嬢はその相手が嫌いなようだな」

「そんなことは関係ありません。私が後見人ですから、私が選んだ相手と結婚すべきなんです。だいたい、こんなところで働いているなんて、もし相手に知れたら大変なことになります」

「それは……どういう意味かな？」

ニコラスがじろりとウィロビーを見ると、彼は自分の失言に気がついたようだった。だが、懸命《けんめい》に虚勢《きょせい》を張ろうとしている。

「つまり……セシリアの評判に関わると……」

「若い娘が悪魔伯爵に餌食になると思われているわけだな」

「そういうわけでは……ええ……でも、まあ、噂がありますしね……」

ウィロビーはしどろもどろになっていた。セシリアに何もしてなくても、噂だけで彼女の評判が傷つくとはニコラスは考えていなかった。だが、この近隣の村人が知れば、そういうことにもなるだろう。

私はどれほど非道な男だと思われているのか……。

ニコラスは頭が痛くなりかけたが、これを逆手に取ることができないかと考えた。とにかく、絶対にセシリアを彼の手に渡す気はない。どんな手を使ってでも、守りきるつもりだった。

老人と結婚させるなんて、とんでもない。セシリアは私のものだ。

ニコラスは昨夜のベッドの中のセシリアを思い出した。キスも抱擁《ほうよう》も、自分以外の男にはさせたくない。まして、ベッドで彼女を抱くのは自分ひとりだ。他の誰にも触れさせたくない。

想像しただけで、嫉妬《しっと》心が燃え上がる。そう。指一本さえも触れさせたくない。髪の毛一本でも誰にも渡したくなかった。

ニコラスは大きく息を吸った。冷静にならなくてはいけない。そうしなければ、彼女が連れ去られてしまう。

「ミスター・ウィロビー、あなたがセシリアの後見人なら、あなたと商談することにしよう」

「商談ですって？　そりゃあ一体、なんの商談ですか？」

「セシリア嬢を貰い受けたい。彼女はいくらだ？」

ウィロビーは驚いていたが、やがていやらしい笑いを顔中に広げた。

「なーるほど。そういうわけでしたか。セシリアはあれほどの美人ですからね。セシリアを愛人にしたいと……。まあ、私だって血が繋がってなけりゃ手を出していたかもしれません。でもね、伯爵様。あの娘には立派な紳士が求婚しているんです。彼は気前がよくて、私に支度金を千ポンド払ってくれましてね。どうしても伯爵様が横から手を出したいなら、それ以上を出してくれないとね」

ウィロビーは躊躇いもなく、高く売れるほうにセシリアを売ろうとしている。恐らく千ポンドというのも嘘だろう。せいぜい五百ポンドだ。いや、もっと低い金額かもしれない。

ふと、ニコラスは自分とウィロビーが同じレベルの人間であるかのような不快な気持ちになった。ウィロビーは良心の呵責もなく、血の繋がった姪を売ろうとしている。相手が悪魔伯爵と呼ばれているような男だろうが、年老いた醜《みにく》い男だろうが、幾許かの金で売り渡し、その後のことは気にも留めていないのだ。セシリアが不幸になっても構わないと考えている。

吐き気がしそうだった。自分はこの男と同じだ。守ると言ったのに、この男から買おうとしている。だが、その考えは偽善かもしれない。今さっきまで、セシリアを愛人にしようと口説いていたのだから。それこそ、セシリアを金で買うつもりだったのだ。

しかし、どうしてもセシリアを誰にも渡したくない。自分のものにしたい。いや、待て。それなら、まったく別の方法があった。

ニコラスは天啓《てんけい》のごとく閃いた考えに、すぐに飛びついた。

「いや……。私はセシリアを妻にしたい」

今の今まで、結婚など考えていなかった。アラベラに婚約破棄されて以来、女という女を憎んだこともあった。今はそうでもないが、それでも結婚するほど愚かなことはないと思っていたはずだった。

だが、いずれは結婚しなければならない。伯爵家には後継ぎが必要だった。セシリアなら子爵令嬢という身分もある。そして、彼女は庇護を必要とする弱い立場だ。結婚すれば、後見人に従う義務はない。触れられるのも嫌な相手との結婚からも逃れられる。

考えれば考えるほど、上手い思いつきだった。セシリアは拒絶しようとするかもしれないが、絶対に逃がしはしない。ニコラスはそう決心していた。

「妻……！　結婚するつもりですか！」

ウィロビーもそれは意外だったようだ。しかし、すぐに計算高い目を向けてきた。

「でも、支度金は払ってもらいますよ。二千ポンドでいかがです？」

「千ポンドで充分だろう」

「伯爵様との縁組ともなれば、セシリアにもそれなりのドレスをあつらえなければなりませんし、支度もいろいろと……」

「その必要はない。ドレスもすべてこちらで手配する。結婚特別許可証をもらって、一週間内に結婚するつもりだ。支度金ではないが、千ポンドは払う。文句はないな？」

ウィロビーはニコラスの強い態度に気圧されたように、弱々しく頷《うなず》いた。交渉しようとしても無駄なことに気がついたのだろう。どちらにしても、彼の懐には千ポンドが転がり込む。伯爵家と縁続きになることも、彼の計算の中にあるだろう。もっとも、結婚式以後、ニコラスには彼と親戚付き合いする気はまったくなかった。セシリアも恐らくそうだろう。

「それから、結婚したら、私が彼女の妹達の後見人になろうと思う。この城に引き取るつもりだ。ミスター・ウィロビーにとっては、厄介払いができて結構な話だろう」

もはや尋ねることすらせずに、断定した。ウィロビーの件はこれで片付いたと言ってもいいだろう。だが、ニコラスが説得に手こずる相手は他にいた。


「結婚……ですって！」

セシリアは開いた口が塞《ふさ》がらない状態だった。伯父が帰ったと聞き、慌ててニコラスの書斎に行くと、彼にそう聞かされたのだ。

「そうだ。他に方法はない。私と結婚する以外、彼から逃れることはできないんだ。何しろ君の後見人だからな」

「そんな……他に方法があるはずよ。ああ、そうだわ。私は今からロンドンに行くわ。カサンドラ叔母様のところへ行って、それから求人広告を新聞で見つけて……」

書斎の中をうろうろ歩き回っていたセシリアの言葉は、ニコラスのキスによって遮られた。口の中を深く探られ、セシリアはたちまち自分の身体が蕩けるのが判った。唇を離した後も、ニコラスにもたれかかってしまう。そんな自分の弱さが嫌だった。

「私は君を自分のものにしたい。結婚すれば、君は私のものだ」

「あなたはさっき私を愛人にしたいと言ったわ。どうして結婚しようと思いついたの？」

「君は愛人にはならないと言った。だが、結婚は別だ。私と結婚すれば、法的に守られ、金銭に困ることはない。妹にもいい暮らしをさせてやれる。立派な結婚相手も見つかる」

セシリアはぱっと目を開いて、ニコラスを見つめた。妹のことを考えれば、これは願ってもない結婚だ。財産のない没落貴族の娘にこれ以上の結婚ができるとは思わない。そして、彼が妹達の後ろ盾になってくれれば、彼女達も幸せな結婚ができるかもしれない。

「妹達の面倒まで見てくれるつもりなの？」

「ああ、もちろん。すでに君の伯父さんに後見人になると申し出て、快諾を得ている。何も問題ない」

理性では、この結婚を受けるべきだと判っている。しかし、セシリアにはひとつ引っかかることがあった。

セシリアは愛のない結婚はしたくないのだ。ニコラスはセシリアのことを愛しているわけでは決してない。愛人にしようとしていたくらいだから、身体が目当てだったのだ。欲望は感じているかもしれないが、それではすぐに飽きられてしまうだろう。飽きられた妻がどうなるのか、噂では聞いている。夫と妻はよそよそしい冷たい関係になるのだ。

セシリアはニコラスを愛してはいないかもしれないが、好きだった。これからベッドを共にすれば、もっと好きになると思う。止めようとしても止められない気持ちがあることも、自分で判っている。愛したくなくても愛してしまうだろう。

それなのに、相手からは愛されなかったら、どんなにつらいことになるだろうか。そんな結婚生活は怖い。セシリアは自分からそこに飛び込んでいく勇気が持てなかった。よそよそしくなった夫は、他に愛人を持つかもしれないのだ。そんなことは、とても耐えられない。

セシリアは彼を自分のものにしたかった。自分だけのものに。

誰にも渡したくない。彼が他の女を愛人にすることを想像しただけで、胸が痛くなる。

「あなたは私に飽きるかもしれない……」

「どんな情熱を持って結婚したところで、そういうことはあり得る。実際に結婚しなければば、それは判らない。君は私が飽きないと保証してもらいたいのかもしれないが、それは無理だ。言葉だけを求めても、意味はない」

それは彼の言うとおりだ。彼が約束したところで、約束を守るかどうかは誰にも判らないのだ。

「そうね……。判ってる。でも、少し考えさせて」

ニコラスは苛立ったような表情をした。

「君は愛にこだわっていたが、愛なんかなくても結婚できる。それに、子供もできる」

「子供……？」

セシリアは昨夜のことを思い出した。今まで考えつかなかった自分の能天気さに、身震いするほどだった。

「あの……昨日……もしかして」

「私は君の中に種を蒔《ま》いた。避妊《ひにん》するべきだと思っていたが、しなかった。君を縛りつけるカードが欲しかったんだ」

セシリアは愕然《がくぜん》とした。そんな卑劣《ひれつ》な真似をされているとは、今の今まで思わなかった。

彼は愛人に子供がいても構わないと思っていたのだ。セシリアが彼のものになれば、それでいいと。

悪魔伯爵と呼ばれても、隠された本心は優しい人に違いないと思っていた。しかし、それは間違いだった。彼はやはり自分のことしか考えていない。セシリアが愛人に身を落として転落していくのを、平気で見ていられる人間だった。

そもそも、ニコラスはセシリアにプロポーズもしていない。伯父と結婚の話を決め、その決まった話を承諾させようとしているだけだ。彼に愛情なんてあるはずがない。

それなのに……。

セシリアは子供の話を聞いて、自分の中で喜ぶ気持ちがあった。この人の子供が産めるかもしれないと思ってしまったのだ。

優しい夫。可愛い子供達。温かい家庭。

そうだ。セシリアは彼の子供が欲しかった。

彼が欲しい。身体だけでなく心も全部。しかし、それが叶わないのなら、せめて法的に彼の妻となり、彼の嫡子を産む。それくらいしか、セシリアには彼を得る手段がなかった。

少なくとも、愛人よりはいい。愛人になって、彼がいつか結婚するのを見たくない。そんなことになったら、死んでしまう。捨てられるのもつらいが、それ以上につらいこともある。彼の妻として、誰からも認められる存在でいたい。

そう……せめて、それくらいは望んでもいいに違いない。たとえ一時でも幸せに暮らせる。彼の血を引く自分の子供と共に。

何より、彼女はどうしても欲しいのだ。ニコラスを。この冷たい男を。

セシリアは歯を食い縛って、ニコラスを見つめた。ニコラスのコバルトブルーの瞳がセシリアを見つめている。

「判りました。あなたと結婚します」

それを聞いたニコラスはほっとしたように息を吐いた。

「ありがとう。これは母のものだが……」

ニコラスは机の上の小さな宝石箱から指輪を取り出し、セシリアの左手の薬指にはめた。美しいエメラルドの指輪で、セシリアの瞳と同じ色だった。小さなダイヤも鏤《ちりば》められている。

「綺麗だわ……。ありがとう。お母様のものなのね」

「夫に殺されたと噂された伯爵夫人の指輪だから、あまり嬉しくないかもしれない」

「そんなことないわ！　私……大事にする」

セシリアは指輪の上から右手をそっと添えた。彼の母親の指輪と聞いて、何故だか涙が出てきそうになってくる。

「……どうしたんだ？」

ニコラスは涙ぐんだセシリアの顔を不思議そうに覗き込んだ。

「私、母の形見の指輪を売ったの。母の遺体を父の墓の隣に埋葬《まいそう》するために」

それを聞いたニコラスの瞳が、今まで見たこともないくらいに優しく変わった。その眼差しだけで全身が柔らかく包み込まれているような気がしてくる。やはり彼の中に愛情は潜んでいる。ただ、今は表面に出ていないだけなのだ。

セシリアはこの結婚で、彼の愛情を呼び覚ますことができるようにと祈った。

セシリアとニコラスは彼の祖母マギーに結婚の報告をした。マギーは喜んでくれ、二人の結婚を祝福してくれた。

午後になると、立派な馬車が玄関前に停まった。マギーと庭の散歩から戻るところだったセシリアは、馬車にグランデル伯爵家の紋章《もんしょう》がついているのを不思議に思った。ニコラスの馬車なら、誰かを迎えにいったということだろうか。

馬車から少女が元気よく降りてきた。そして、もう一人の少女もレディのような落ち着いた態度で降りてくる。

「レジーナ！　ジョージアナ！」

名前を呼ぶと、二人は振り向いて、転がるように駆けてくる。そして、セシリアに抱きついた。

「お姉様！　伯爵様が私達を呼んでくださったのよ！　私達、もう伯父様の家には戻らなくていいの」

　ニコラスはセシリアが知らないうちに妹達を呼び寄せる手はずを調えていたのだ。セシリアにとって、思いがけないプレゼントになることが判っていて、そうしてくれたのだ。嬉しいのと同時に、彼の思いやりに感動しそうだった。

「セシリアお姉様は悪魔伯爵と結婚するの？」

　ジョージアナの無邪気な質問に、セシリアは顔が赤くなる。悪気はないのだろうが、マギーにはそんなことを聞かせたくない。

「失礼よ。悪魔伯爵なんて、ただの噂なんだから。本当は優しい人なのよ」

　すると、レジーナも加勢してくれた。

「そうよ、ジョージアナ。私達を伯父様の魔の手から救い出してくださったのだもの。悪魔どころか天使伯爵だわ」

「じゃあ、天使伯爵ね！」

　それは言い過ぎではないかと思ったものの、マギーはそれを聞いてニコニコしている。

セシリアはマギーに二人の妹達を紹介した。二人はそれぞれにマギーに挨拶をする。

「元気のよさそうなお嬢さん達ね」

　マギーは優しいからそう言ってくれるが、この二年間は妹達の教育もきちんとできなかった。ニコラスに頼んで、家庭教師を雇ってもらおうと思った。せめて、思ったことをなんでも口に出さないようにしないといけない。

「荷物は全部持ってきたの。お姉様の分もよ。伯爵夫人にふさわしいものではないから、もういらないかもしれないけど」

「そんなことはないわ。ありがとう、レジーナ」

あまり教育を受けていなくても、レジーナは賢い。けれども、レディにふさわしい教育を受けられたら、きっと立派な紳士と結婚できるだろう。

「それから、サリーも一緒なの。伯父様がサリーを首にしたから。伯爵様は雇ってくださるかしら」

サリーは馬車のところで不安そうな顔で立っていた。手紙のやり取りでサリーが仲介していたから、伯父に責められたのだろう。元からロクな扱いはされていなかったが、彼女の家は裕福ではないし、働かなければ困るのだ。

「私が頼んでみるわ。でも、きっと大丈夫。伯爵様は見ず知らずの私をすぐに雇ってくださったんだもの」

最初から愛人にしようと思われていたようなのだが、そこは伏せておいた。セシリアは妹達に詳しいことを話すつもりはなかった。欲望に負けてベッドを共にしたなんて、彼女達が大人になったとしても、とても言えない。

そのとき、玄関の扉が開き、ニコラスが石段を下りてきた。フロックコートを着て、ステッキとトップハットを手にしている。これから、どこかに出かけるつもりなのだろうか。

セシリアは妹達をニコラスに紹介した。ニコラスは普通に礼儀正しく年端も行かない少女達に挨拶をしてくれた。

「ニコラスお義兄様と呼んでいいのかしら」

ジョージアナがまたもや無邪気に質問をする。

「まだ結婚式もしてないのよ。その質問は早過ぎよ」

慌ててセシリアが注意した。しかし、ニコラスは気分を害した様子はなく、口元に微笑みを浮かべている。意外と子供好きなのかもしれないと思って、セシリアは少し嬉しくなった。何しろ自分は彼の後継ぎを産むただ一人の女性になるのだから。

「そんなに早くもない。一週間以内に敷地内の礼拝堂で結婚式を挙げるつもりだ」

「一週間内だなんて、聞いてないわ！」

そんなことは書斎で指輪をくれたときに話をしておくべきだ。そもそも、結婚話も今日出たばかりで、今度は一週間以内だなんて勝手すぎる。まだ心の準備もできていないのに。

「私が決めたことだ。どうせ結婚するなら早いほうがいい。これから私は結婚特別許可証の申請に行く」

通常、結婚式を挙げるためには、婚姻予告を三週続けて公示しなくてはならない。だが、費用はかかるものの、結婚特別許可証をもらえば、すぐにでも結婚できる。

「でも……」

「もうすぐマダム・ヴェルティエが到着するだろう。ロンドンにいるときに、君のドレスをもう少しまともにするために依頼したのだが、ウェディングドレスも作ってもらおう。それから伯爵夫人として恥ずかしくないドレスを何着も作るんだ。他に必要なものはなんでも注文するように。もちろん、君の妹達にもだ」

セシリアは呆れてものが言えないくらいだった。結婚する準備がわずか一週間しかないなんて。いや、一週間以内と言っているから、何日なのかも判らない。せめて支度が整ってから結婚式をしたかった。

それに、結婚すると決める前からマダム・ヴェルティエにドレスの依頼をしていたとは思わなかった。絶対にセシリアを愛人にするつもりだったに違いない。

「閣下の寛大なお気持ちに感謝しますわ」

セシリアは精一杯の嫌味を込めた。だが、ニコラスは当然のような顔をして頷き、受け流していた。

「ニコラスお義兄様、私達も綺麗なドレスを着られるの？」

ジョージアナは口を閉じることを知らないらしい。ニコラスは少し屈んで、彼女に微笑みかけた。

「君の年齢にふさわしいドレスを。君はこれからお姫様みたいになるんだ」

ジョージアナはにっこり笑った。

「セシリアお姉様は女王様みたいに？」

「そうだ。ヴィクトリア女王のように、この城に君臨するだろう」

いかにもセシリアに何か決定権があるかのように言うが、ニコラスは自分で何もかも決めてしまっている。結婚してからは、ますます傲慢《ごうまん》で居丈高な夫になるかもしれない。まさしく悪魔伯爵の名のとおりに。

そうはなりませんようにと、セシリアは祈るばかりだった。


マダム・ヴェルティエは噂好きだった。結婚のことを聞いた彼女は瞳をきらめかせて、セシリアにお世辞を言い出した。恐らくあっという間に、悪魔伯爵と貧しい子爵令嬢との結婚は上流社会に広がるだろう。それなのに、結婚すると決める前からマダム・ヴェルティエにドレスを作らせようとしていたのだから、ニコラスは彼女の噂好きの本性を知らなかったとしか思えない。

セシリアはどのくらいドレスを作っていいか判らなかったが、マダムは前もってニコラスに指示を受けていたらしい。コルセットや下着まで用意されていて、セシリアは顔から火が出るような思いをした。

たくさんの布を当てられ、デザインの相談をされる。よく判らないながらも、自分が舞踏会に出られるような流行のドレスを手に入れられることだけは判る。結婚には愛がなければならないという自分の持論は間違っていないと思っているが、それでもこうして素晴らしいドレスを着られるとなると、娘心としては嬉しくないはずがない。

とりあえずウェディングドレスを大急ぎで作ってもらって、何着かは店にあるものを直し、後はデザインから製作までマダムに任せることにした。

翌日はボンネットや靴、手袋に日傘など、小物を扱う店の業者が次々に現れ、セシリアを驚かせた。何よりセシリアは自分が何も持っていないことに驚かされる。ニコラスが社交界嫌いであることを考えれば、舞踏会に出るような機会はあまりあると思えなかったが、人前で伯爵夫人としての振る舞いが自分にちゃんとできるのかどうか怖くなってきた。

それでも、もう取りやめにするわけにはいかない。一度決心したことであるし、それ以上に、二人の結婚を喜んでくれている妹達やマギー、グランデル城の使用人のみんなをがっかりさせたくなかったのだ。

ニコラスもセシリアも結婚の用意に明け暮れた。そして、結婚式が行われたのは、彼が結婚すると決めたあの日から十日後だった。どうしてもドレスが間に合わなかったからだ。

ドレスはレースがふんだんに使われた純白のシルクの豪華なものだった。胸元にはニコラスから昨夜贈られた真珠の首飾りが輝いている。チュールのベールに腰のあたりまで覆われていて、鏡で自分の姿を見たセシリアは、これから本当に結婚するのだと気持ちが高ぶってくるのを感じた。

敷地内の礼拝堂に足を踏み入れると、浮ついていた気分が一気に厳かなものへと変わる。祭壇の前にはニコラスと牧師が立っている。セシリアは金色のリボンでまとめられたピンクの薔薇のブーケを持ち、伯父にエスコートされる。ニコラスは婚礼用の正装をしていて、長めの髪は綺麗に後ろに撫でつけられていた。

出席者はマギーと伯父夫妻とその一人娘、それからレジーナにジョージアナ、後はニコラスの数人の友人達とその妻だけだった。緊張するほどの人数ではないのに、それでもセシリアはニコラスの元へ向かうだけで倒れそうになっていた。

セシリアは伯父の手からニコラスへと渡される。白いシルクの手袋をはめた手を、ニコラスがしっかりと握ってくれた。セシリアはそれだけで勇気が湧いてくるような気がして、自分を取り戻した。

ベール越しに隣に立つニコラスを見上げる。彼はこれといった表情も浮かべていない。彼が何を思って、この式に臨んでいるのか判らなかった。しかし、彼の横顔はとても整っていて、そのコバルトブルーの瞳はうっとりするほど美しかった。

初めて森の中で出会ったとき、彼と結婚することになるとは思わなかった。彼もきっと同じだったろう。彼はセシリアを誘惑し、純潔を奪った。それでも、結婚するつもりなどなかったのだ。伯父がやってきて、彼からセシリアを引き離そうとするまでは。

これはただの便宜結婚だ。身体は惹かれ合っているが、そこに愛はない。彼は愛を信じていない。セシリアを愛するつもりはない。けれども、これから長い年月、セシリアは彼と共に過ごすことになる。

いつか二人で愛を育める日が来るかもしれない。セシリアが望む温かい家庭が築けるかもしれない。この城に愛が溢れ、悪魔城と呼ばれなくなる日がやってくるかもしれないのだ。

これからの長い時間がきっとセシリアの味方になる。セシリアはそう信じることにした。

ふと我に返ると、ニコラスが横で誓《ちか》いの言葉を述べていた。次はセシリアの番だ。

「汝、セシリア・ローズ・クリスティはニコラス・ジョージ・ブラックストンを正式な夫としますか？　富めるときも貧しきときも、病めるときも健やかなるときも、死が二人を分かつまで愛し慈しむことを誓いますか？」

セシリアは迷いをすべて捨てて答えた。

「誓います」

牧師に促され、ニコラスがセシリアの手を取り、エメラルドの指輪に添うように上から金の細い指輪をはめてくれた。

セシリアは目を上げて、ニコラスのコバルトブルーの瞳を見つめた。彼はセシリアを優しく包むような目つきをしている。こんな眼差しで見つめられることが嬉しかった。彼が心からこの結婚を喜んでいるような気がしたのだ。幻かもしれないが、セシリアにはそう見えた。

牧師は、父と子と聖霊の御名において二人が夫婦となったことを宣言した。

「どうぞ誓いのキスを」

ニコラスがセシリアの肩に手を添えて、顔を近づけてくる。唇が重なったかと思うと、次の瞬間には深く口づけられていた。眩暈のするような幸福な瞬間だった。

これで二人は本当に夫婦となった……。

セシリアは改めてそう感じた。

結婚式の後、ささやかな披露パーティーが行なわれた。思えば、このほぼ内輪の人間しか参列しなかった式にわざわざウェディングドレスは必要なかったかもしれない。それでも、ドレスのために式を延期してくれたのは、ニコラスの優しさであるような気がした。

長い一日がやっと終わり、セシリアは自分の部屋に向かおうとした。

「奥様、そちらのお部屋ではありません」

セシリアの小間使いとなったサリーは彼女を引き止めた。

「奥様って、私のことかしら」

サリーは頷いた。

「もちろんです。結婚されれば、今日からそう呼ばれるのは当たり前です。そして、結婚された以上、奥様のお部屋は伯爵様のお隣となります」

つまり、伯爵夫人の部屋というわけだ。自分は今日からレディ・グランデルとなったのだと、改めて思った。自分でも信じられない。粗末な服を着て、寒い夜には妹達と身を寄せ合って暖を取っていた自分が、レディの称号で呼ばれるようになるとは思わなかった。

「サリーはずっと伯父様の家で働いていたと思っていたけど、貴族の屋敷のことは詳しいの？」

サリーはセシリアの質問に頬を染めた。

「ミセス・サットンにいろいろ教えていただいたんです。奥様が口添えしてくださらなかったら、私は家族のためにどこか別の場所へ働きにいかなければならないところでした。本当に感謝しています。だから、ここでのお仕事は精一杯やると決めたんです」

セシリアは納得して頷いた。サリーの心の内はよく理解できる。セシリア自身もここに来たときはそうだったからだ。しかし、気がつけば、セシリアはニコラスの誘惑に屈《くっ》してしまい、花嫁となってしまった。

いや、愛人よりずっといい。妻という立場は法的に保護されている。ただ、妻は夫の所有物同然なので、夫にどう扱われても文句は言えないのだ。

セシリアはニコラスに抱かれたのは、あの夜だけだった。今夜は結婚初夜ではあるが、二人にとっては二度目の夜だ。セシリアは期待する半面、怖い気持ちもあった。夫となったニコラスがセシリアにどう接してくるのか、予想もつかなかったからだ。

「お風呂の用意はできています」

「ありがとう、サリー」

サリーがドレスの背中のボタンを外してくれる。ドレスを脱ぎ、コルセットの紐を外してもらう。貴婦人の服は人の手を借りなければ、脱ぎ着できないのだ。セシリアは二年間、一人でなんでもしていたことを思い出し、今の状況が不思議に思えてくる。

寝室の隣には化粧室があり、その奥に浴室があった。浴槽はずいぶん大きなもので、金色の蛇口《じゃぐち》から湯と水を入れられるようになっていた。今は薔薇の香りのする湯が入っている。セシリアは湯に浸かり、髪を綺麗に洗った。スポンジと石鹸《せっけん》でゆっくり身体を洗っているとき、浴室の扉が開く。

そこには、ニコラスが立っていた。まだ正装のままだ。セシリアは反射的に身体を隠そうとした。

「君の裸を見るのは私の特権だ」

「身体を洗っているときに見せるかどうかは、また別の話だと思うわ」

ニコラスはセシリアの意見を鼻で笑った。

「君の義務がベッドの中だけと思い込んでいるなら、それは間違いだと言っておく」

セシリアの義務とはなんだろう。夫に抱かれることだろうか。ベッドの中でなければ、どこで抱かれるというのだろうか。

「サリーは？」

「もう下がらせた。君と私の二人だけだ。遠慮しなくていい」

「遠慮じゃないわ。……嫌よ。こんなところで……」

ニコラスが燕尾服を脱いでいる。セシリアはそれを見て、慌ててしまった。かといって、こんな場所では逃げ出せない。何しろ自分は裸なのだ。無防備すぎると言ってもいい。

「私はここから出て、新しいナイトドレスやガウンが早く着たいの。せっかく買っていただいたんだもの。レースやリボンがたくさんついていて……ねえ、聞いてるの？」

ニコラスは素早く自分で服を脱いでしまっていた。この間の夜に彼の裸は見ていたが、改めて見ても、彼の肉体の美しさは完璧だった。セシリアは思わずうっとりと彼の身体を鑑賞した。硬くそそり立っているものも、今はその完璧さに一役買っているような気がしてならなかった。

「お気に召したかな？」

「ええ……」

思わずそう答えて、セシリアは自分で赤面した。こんな恥ずかしいことを口にするつもりはなかったのに。

ニコラスはそのまま近づいてきて、浴槽の中に入ってくる。セシリアは仕方なく彼が入れるようにと身体をずらした。裸で向かい合い、セシリアはなんとも言えない妙な気分になった。

新婚初夜は、もっと初々しいものではなかったのだろうか。もちろんセシリアとニコラスは二度目だったが、女性が入っている風呂にいきなり自分も入ってくるなんて、ずいぶん大胆な振る舞いだった。

「あなた専用の浴室はあるのに」

「今日は君と一緒でいい」

それなら、毎日こうだというわけではないのか。セシリアは何故だか気分が落ち込んでくるのを感じた。別に毎日一緒にこうして風呂に入りたいなどとは、全然思っていない。

しかし、『今日』はセシリアに興味を示していても、いつかニコラスが自分に飽きるときが来る。そうしたら、二人はこうして親密な時を過ごすこともなくなるのだろう。

そうなったとき、セシリアのほうもニコラスに飽きていればいいが、そうでなければ、とても悲しい思いを味わうことになる。今からそんな心配をしても仕方がないが、彼に愛情がない以上、セシリアに求めるのはこの身体だけだ。欲望を満たす身体であり、後継ぎを産む身体でもある。

ニコラスはセシリアの沈む気持ちなど気づかぬ様子だった。セシリアのスポンジを取り上げると、丸い乳房に円を描くようにスポンジを擦《こす》りつけた。たちまち乳首が硬くなり、セシリアは自分の反応の速さが恥ずかしくなった。

ほんの少し触れられれば、もうその気になってしまう。ニコラスにとっては、これほど簡単に誘惑されてしまう相手なのだ。

「私と結婚したこと、後悔してないの？」

ニコラスは眉をひそめた。

「結婚するように誰も強要しなかった。決めたのは私だ」

それはそうだが、セシリアは不安でならなかった。彼はセシリアを愛人にするつもりだったことを思えば、いつかは結婚したことを後悔するときが来るかもしれない。そうならないとは、誰も保証できないのだ。

「君はどうだ？　後悔しているのか？」

「私は一度決めたことを後悔なんかしない。それに、あなたの子供が……ここにいるかもしれないのでしょ？」

自分の下腹部にそっと触れると、ニコラスの目がわずかに細められ、優しくなる。こういうときの彼が好きだ。ずっとこんな優しい眼差しで見てほしい。そうしてくれれば、セシリアの不安などなくなるし、彼のことがもっと好きになるのに。

だが、それは長くは続かない。ニコラスはセシリアの腕を引き寄せ、唇を重ねた。深い角度で口づけをして、セシリアの理性をすぐに奪ってしまう。彼は彼女の身体にしか興味がないようだった。

ニコラスはセシリアの濡れた髪をまさぐりながら、彼女の舌を味わった。思う存分、口づけを交わした後、セシリアの耳に囁きかけてくる。

「君は人魚みたいだ」

「あっ……やん……」

耳の中に息を吹き込まれた。ニコラスはスポンジを使うことをやめて、掌で彼女の背中を撫でている。セシリアは気が遠くなりそうだった。湯の温かさと相まって、彼に触れられたところが溶けていきそうだった。

彼の腕に抱かれると、自分が自分でなくなりそうになる。森の中で馬に乗せられたときからそうだった。けれども、ベッドで快楽を味わってみてからは余計にそれがひどくなっていると思えた。

愛人になることを断るとか、結婚を拒絶するとか……。

最初からセシリアにはできない選択だったのだ。こうして身体を撫でられると、魔法にかかったように抵抗できなくなる。彼の言いなりになるしかなかった。

耳朶を甘噛みされ、快感が身体を貫いた。丸い乳房を手の中で弄ばれ、硬くなった先端を指の腹で円を描くように撫でられる。この身体はすでにニコラスのものだった。

「セシリア……」

急に我慢ができなくなったように、ニコラスはピンク色の蕾《つぼみ》に口づけた。セシリアは彼の腕に背中を預けながら、身体を反らした。もっとキスしてほしい。もっと舐《な》めてもらいたい。彼の舌が乳首に絡みつき、セシリアは小さく呻いた。

キュッと吸われて、彼女は思わず彼の頭に触れた。豊かな黒髪に手を差し込み、その手触りを味わう。ニコラスがセシリアの髪に触れたかったと言っていたが、セシリアもこうしてみたかった。

ニコラスが自分のものだとは言えない。夫ではあるが、セシリアは愛されているわけではないからだ。今のところ、彼の肉体は妻である自分のものかもしれない。けれども、心は違うし、身体だって他人のものになる可能性がある。

元々、貴族の結婚には愛など必要ないと言われている。貞節の誓いも意味はない。ニコラスはその気になれば、いくらでも愛人を持てる。妻がいても、愛人を囲うことなど上流社会においては当たり前だった。

ニコラスはセシリアの腰に手を添えて、自分の膝の上に引き上げる。セシリアは彼の腕の中で身をよじった。このままこんなふうに奪われたくはなかった。

「ダメよ……こんなところじゃ……」

「今すぐ君が欲しい。結婚式であのドレス姿を見たときから、ずっと我慢していた。パーティーの間もずっと君を見ていたよ」

彼の視線はセシリアも感じていた。あまりに熱っぽい瞳で見つめられて、セシリアのほうは見つめ返すことができなかった。あんな目を見ていたら、淫らな妄想をしてしまいそうだったからだ。

だが、実際、ニコラスは淫らな妄想《もうそう》をしていたらしい。

「君のドレスは私が脱がせたかった。この間は脱がせる楽しみがなかったから……」

あのときは、セシリアは薄いナイトドレス一枚しか身につけていなかった。しかも、彼は脱がせるどころか、セシリアに脱ぐように命令したのだ。

「ペチコートを何枚もつけていたのよ。あなたはたぶんうんざりしたと思うわ」

「今日は君の奴隷になって、かしずきたいと思っていたんだ」

「それなら……私の身体を洗って」

「キスしての間違いじゃないか？」

ニコラスは放り出されていたスポンジを拾って、セシリアの背中に滑らせた。

「あ……っ……」

「そんな声を出すなら、その気があるとしか思えない」

「ないわけじゃ……ないの。でも……ここは嫌。ベッドがいい」

「君が私を待たずにドレスを脱いだ罰だ」

スポンジは背中から下りてきて、今はお尻をくるくると撫でている。

「お尻を上げて」

言われたとおりにすると、スポンジが後ろからセシリアの大切な部分を撫でていく。敏感なそこを刺激されて、セシリアは身体を震わせた。

「やだ……」

「じゃあ、これは?」

ニコラスはスポンジではなく、指で入り口の周囲をゆっくり撫でた。

「お湯が……中に入ってしまう……」

セシリアはやめてほしかった。ベッドの上ですべきことを、どうして浴槽の中でしなくてはならないのか、理解できない。

「大丈夫……。平気だ」

ニコラスは花びらをつつき、中へと指を滑り込ませた。セシリアは思わず腰を揺らし、ニコラスの首に抱きついた。セシリアの二つの膨らみはニコラスの硬い胸に押しつけられる。肌と肌がぴったりと重なり、喜びを感じる反面、指を挿入された部分が気になった。

「や……っん……あ……」

「ここだけヌルヌルとしている。別の液が滲《にじ》み出ている証拠だ」

実際、セシリアはとても感じていた。ニコラスの指は今や二本も挿入され、セシリアの内部を探っている。セシリアはニコラスに抱きつき、身体を震わせながら指がもたらす快感に耐えていた。

やがて、指だけでは物足りなくなってくる。もっと確かなもので中を埋めたい。彼を迎え入れて、この間の夜のように昇りつめたい。

「欲しい……欲しいのっ。もっと……奥まで」

セシリアはとうとうニコラスにねだった。ニコラスはふっと笑い、彼女の中から指を引き抜く。

「セシリア、君は向こうを向くんだ」

「え……」

意味も判らず、セシリアはニコラスが誘導するままになった。逆の方向を向かされて、ニコラスの太腿の上に椅子のように座らせられた。お尻に彼の欲望の証が当たっている。

「あ……やだ……こんなの」

「欲しいんだろう？　奥まで突いてやろう。君が満足するまで」

セシリアはお尻を上げさせられた。秘部にニコラスのものが当たる。

「腰を下ろすんだ」

「無理よっ……あっ……あぁっ……」

セシリアが自ら腰を下ろさなくても、ニコラスの両手が腰に当てられ、無理やり下ろされる。内部が広がり、セシリアは彼のものを受け入れさせられた。

「痛くはなかっただろう？」

「でも……こんなのは嫌よ。普通じゃない。お風呂の中だなんて……！」

「君は淑女だな。だが、今はたしなみも必要ない。ただ……感じてくれ」

ニコラスはセシリアの足の間に指を這わせ、小さな突起を探った。指がその部分をほんの少しかすめただけで、セシリアは身体を揺らし、淫らな声を上げた。

「あっ……あっ……やっ……ダメっ」

「君は文句が多すぎる。気持ちいいんだろう？　素直になればいい」

セシリアの身体の中でどこよりも感じる場所なのだ。ゆっくり撫でられているだけなのに、身体がビクビク震えて、我慢ができなくなる。おまけに、内部には彼のものが奥までしっかりと入っている。身体を揺らすだけで、内部にまで影響が出るとは思わなかった。

セシリアは腰を揺らし、身体の内と外と両方の快感を味わうことになった。

セシリアはここがどこなのかも忘れ去っていた。さんざん風呂の中では嫌だと言っていたのに、もうそんなことはどうでもよくなっている。ただ、全身を侵す熱い感覚のことしか頭になかった。

「あ……もうっ……ああっ」

セシリアが昇りつめそうになると、ニコラスは突起への愛撫をやめた。

「いやっ……もっと」

セシリアは身悶えた。そんな中途半端なところで愛撫をやめられては、とても耐えられない。

ニコラスはセシリアの太腿をぐいと持ち上げた。そして、セシリアの奥まで何度も下から突き上げてくる。

「あっ……あん……あんっ……ぁ」

全身が淫らな感覚に浸ってしまっている。セシリアは自分がもう元には戻れないことを知った。快楽を知らなかった頃には戻れない。そして、それをニコラスはよく知っているのだ。だから、こうやって身体の奥底まで刻みつけようとしている。

彼にとって、女性との関係はきっとそういうものなのだろう。心が通じ合うことなど期待していない。ただ身体だけ、快感だけのもので、精神的なものは何もない。

でも、私は違う……！

セシリアは快感に呑み込まれそうになりながらも、そう思った。たとえニコラスはそうでも、自分は違う。これが愛と呼べるものかどうかはまだ判らなかったが、彼への気持ちはある。彼のすべてを包み込むような温かなものは自分の中にあるのだ。

何度も奥まで突かれて、セシリアはとうとう自分を手放した。凄まじいほどの激しい感覚に身体を震わせながら。

少し遅れて、ニコラスが内部で弾けるのが判った。ニコラスは息を乱しながら、セシリアを後ろから抱き締める。

彼の体温と鼓動が背中から伝わってきて、やはりセシリアは幸せを感じた。たとえ、彼が自分の身体しか愛していなかったとしても、それでもいい。後悔しない。絶対に。

けれども、いつか二人の結婚が本当の結びつきに発展することを祈っていた。


風呂から上がった後、セシリアは自分のベッドでもう一度抱かれた。二人は疲れて、そのまま眠りについた。いや、そのはずだった。

翌朝、セシリアが目覚めたときには、ニコラスはベッドにいなかった。一人きりで寝ていて、上掛けから飛び出していた肩から腕にかけて冷えてしまっていた。裸だったからだ。

一緒に眠ったと思ったのに、ニコラスは途中で自分の寝室に戻ったのだ。夫婦なのだから、朝まで一緒にいたところで、誰も非難する者はいない。だが、ニコラスは新婚初夜のセシリアを一人置いて、出ていってしまった。

こんなことは、なんでもないことだ。そう思おうとした。けれども、淋しさからは逃れられない。これこそがニコラスがセシリアに心を許していない証拠だからだ。けれども、ここで諦めても仕方がない。彼は一生変わらないかもしれないが、変わるかもしれないのだ。愛してくれない相手を愛するのは難しいが、少しでも距離を縮められるように努力しよう。そうすれば、いつかは……。

いや、期待してはいけない。希望は持ってもいいが、期待しているとつらくなる。

セシリアは起き上がり、紐を引いてベルを鳴らし、サリーを呼ぶ。そして、身支度をして、明るい日差しが差し込む朝食室に下りていった。

朝食室では、早起きの妹二人が楽しそうに話しながら食事をしていた。その姿を見て、セシリアはほっとする。やはり、ニコラスと結婚したのは正しかった。そうしなければ、この二人はいつまでも伯父の使用人のように暮らしていただろう。しかも、給金をもらえない使用人だ。

「おはよう。レジー、ジョージー」

二人は振り返り、零れるような笑みを見せた。

「セシリアお姉様、おはよう！」

「おはよう、お姉様。昨夜はよく眠れた？」

「え……ええ、まあ」

賢いレジーナでも、新婚初夜がどういったものなのか知らないのだろう。知っていたら、こんなことは訊けない。

セシリアは席に着き、給仕をしてくれる従僕に尋ねた。

「閣下はどちらにいらっしゃるのかしら」

「書斎でお仕事をなさっています」

「そう……ありがとう」

仕事があるなら、それは仕方ないことだとセシリアは思った。そうでなくても、結婚式のために、彼はいろんな手配をしてくれた。セシリアのせいで、ずいぶん予定が狂ったに違いない。

気がつけば、ジョージアナがくすくすと笑っている。

「どうしたの？」

「どうしてまだ『閣下』って呼ぶの？」

末の妹に指摘されて、セシリアは顔を赤くした。

「まだ慣れてないのよ。それに、閣下でも間違いではないわ」

ただ、他人行儀なだけで。

「これからは名前で呼ぶんでしょ？　ニコラス？　ニッキーって呼んであげたら喜ばないかしら」

ニッキーという愛称と悪魔伯爵と呼ばれるニコラスの風貌とは合わない。三人は一斉に笑い出した。

「呼んでみたら、どんな顔をするかしらね。でも、喜ばないと思うわ」

妙な顔や戸惑うような顔をされたら、こちらもどんな反応をしていいか判らない。いっそ怒ってくれれば、こちらも何か言い返すこともできるが。

「お姉様は慣れなくてはいけないことがたくさんあるものね。伯爵夫人の正式な席はあちらだと思うわよ」

レジーナに言われて、セシリアは彼女が指し示すほうを見て、溜息をついた。上座のニコラスの向かい側となるが、長いテーブルが二人の間を邪魔することになる。

「あんな遠い席はごめんだわ」

「お義兄様のお傍がいいのね」

ジョージアナはにこにこと笑っている。彼女ほど悩みがなければいいのにと、セシリアは思った。

「朝食が済んだら、奥様……じゃなかったお祖母様のお部屋に行くわ。あなた達も行く？」

二人は行くと返事をし、しばし、朝食室はにぎやかな空間となる。妹達がこの城へやってきてから、いつもそうだった。以前のセシリアは使用人であったから、自分の部屋で食事をするか、マギーが望めば一緒の部屋で食事をしていた。だから、この朝食室にしろ食堂にしろ、食事をしていたのはニコラス一人で、きっと静かだったことだろうと思う。

この変化を、ニコラスはどう思っているだろう。セシリアは妹達に家庭教師をつけたいと思っているが、彼がどう考えているのか判らない。そこのところもきちんと話し合わなければならなかった。

セシリアは食事を終えた後、マギーの部屋へ行き、それから妹達も交えて日課の散歩に出る。マギーもすっかりにぎやかになった城に驚きながらも、それを喜んでいるようだった。

午後になっても、ニコラスは書斎から出てこない。セシリアは思い切って、書斎を訪ねてみた。

ノックをしてドアを開けると、ニコラスはマホガニーの机で帳簿《ちょうぼ》に何か書き込んでいた。ニコラスは顔を上げ、セシリアのほうを見る。

「どうした？　何か不都合なことでも？」

笑顔くらい見せてほしいものだが、仕事を中断させたのはこちらのほうだ。セシリアはにっこり笑って、書斎に足を踏み入れた。

「妹達のことで相談があるの。今、お邪魔《じゃま》でなければ話がしたいんだけど」

ニコラスはペンを置き、机の上で手を組んだ。

「判った。どうぞ、マダム」

セシリアはニコラスの机の前にある椅子に腰かけた。これでは、使用人であった頃と変わりない。ニコラスは昨夜、あれほど情熱的だった男と同じ人間とは思えないほど素っ気ない態度を取っていた。

「妹達に家庭教師をつけたいの。二年も二人は教育を受けていない。もちろん私が教えられることは教えてきたけど、何しろ伯父の家にいる間はそんな余裕もなくて……」

おまけに最初の一年は母の看護もしていた。後の一年は伯父の家で雑用をさせられていたのだ。小間使いより仕事が大変だったと思う。手が荒れない程度の仕事はなんでもさせられてきたのだから。

「なるほど。それでは、新聞に募集広告を出そう。斡旋所に声をかけてもいい。ただ……思ったとおりの家庭教師が来るかどうかはまた別の話だ」

「どういうこと？　家庭教師の口を探している人はそんなにいないってこと？」

セシリアも最初は家庭教師をしたいと思っていただけに、それは意外だった。ニコラスは肩をすくめ、話し出した。

「家庭教師をするような立派な教育を受けた女性は、悪魔伯爵の城に住みたいとは思わないということだ」

セシリアは一瞬、言葉を失った。ニコラスがそんなふうに呼ばれていること自体、ほとんど忘れていた。目の前のニコラスは悪魔と呼ばれるような人間ではない。確かに冷たいところもあるが、優しいところもある。彼が本当に悪魔伯爵ならば、セシリアを見捨てていただろう。そもそも強引に身体を奪って、弄んでいたに違いない。

彼は結婚までしてくれた。伯父に渡さないためであっても、結婚までする必要はない。金を出すなら、セシリアを愛人にしたいと言っても、伯父は喜んでニコラスに売り渡したはずだった。

ましてや、妹達を引き取ってくれるなんて……。彼には感謝してもしきれないくらい恩があった。

「判らないわ……。どうしてあなたが悪魔伯爵だなんて言われるの？」

「さあ。元々、悪魔伯爵と呼ばれていたのは父のほうだ。妻を高い塔に監禁し、突き落として殺した冷酷《れいこく》な伯爵だと。それでも、当時の社交界は私にそれほど厳しくなかった。それなりに友人もいて……」

きっと綺麗な女性も彼の周囲にはたくさんいたことだろう。彼は爵位を継ぐ唯一の嫡男であり、これだけの美しい容姿を持っているのだから、誰も放っておくことはないはずだ。

セシリアはその頃のことを想像して、一人で胸を痛めた。そんな昔のことで嫉妬しても仕方がないと判っていても、自分以外の誰かがニコラスを独占したことがあるのかと思うと、胸が苦しくなってくる。

「伯爵夫人が塔から落ちたという話は聞いたことがあるわ。でも、本当にお父様が監禁なさっていたの？」

塔は城の正面に向かって右と左の端にある。東の塔と西の塔というふうに呼ばれている。

しかし、そこはどちらも改修が済んでいないので入ってはいけないと、ミセス・サットンに城の中を案内されたときに言われた。

「母は貧しい平民の娘で、恋人がいたのに、金のために伯爵に自分を売った女だ」

ニコラスは吐き出すような辛辣な口調で話し始めた。

「父は母を愛していたつもりだったが、すぐに飽きて、下賤《げせん》な女だと蔑《さげす》むようになり、二人の間は上手くいかなかった。父は私にもずっと冷たかった。この城にはいつも凍りつくような空気が漂っていたが、母が父を激怒させて、東の塔に監禁されるまではまだよかった」

セシリアは塔に監禁された伯爵夫人の気持ちを思い、恐ろしくなった。ニコラスがいくら怒ったとしても、妻を監禁することはないだろうと思ったが、法律的には妻は夫のものだ。財産のひとつに過ぎない。世間は女にだけ厳しかった。

「お父様は……」

「母を殺したかって？　それは判らない。事故かもしれないし、自殺かもしれない。もちろん父が突き落としたのかもしれない。私はまだ七歳だった。それから、父は破滅への道を辿っていった。賭けにはまり、借金をし、領地の経営もほったらかしにした。私はここから逃げるように寄宿学校へ行き、オックスフォードに進学した。その後もこの城には戻ることなく、ロンドンで楽しく暮らしたよ。まさか、この家が破産寸前だとは思わずに」

破産寸前になったという話は前にも聞いていた。しかし、彼の父親の不始末が原因だったとは思わなかった。

セシリアは部屋を見回した。豪華な家具や調度品がある。さほど古くない城は改修され、近代的な設備も施されていた。ここまで持ち直すのに、本当に彼はどれほど苦労したのだろう。

「七年前、私は城に呼び出された。その夜、西の塔で不審火が起きた。父はそれに巻き込まれて死んだとされている」

「まさか……自殺？」

「そうだ。表向きは火事ということになっているが、さほど燃えたわけではない。すぐに父の近侍が気づいて消し止めた。東の塔と西の塔は同じ造りをしている。母を監禁したあの部屋と対になった部屋で、父は毒を呷《あお》り死を迎えた。借金の後始末を憎んでいた息子にすべて任せて」

ニコラスが拳をぐっと握り込んでいるのが見えた。父親がニコラスを憎んでいたのかどうかは判らないが、ニコラスが父親を憎んでいるのは間違いない。離れていても、彼の怒りがセシリアにも感じられた。

「そこから、あなたが伯爵家を立て直したのね」

「そうだ……」

ニコラスは息を吐き出した。とてもつらい気持ちが心の奥底にあるようで、セシリアは切なくなった。

「社交界につまはじきにされ、がむしゃらに働いた。そのうちに、自分が悪魔伯爵と呼ばれていることに気がついた。社交界の連中は私と父が不仲だと知っていたから、父が死んだときに城にいたというだけで、私が殺したに違いないと噂をした。借金のことも面白おかしく話題にされていたらしい」

「そんな……っ」

セシリアは悲痛な声を上げた。何も悪いことをしていないのに、噂だけが勝手に大きくなっていった。だが、その噂を近隣の村人もまた大げさに言い立てていて、セシリアも半分それを信じていたのだ。

「同情はいらない。ただ、君には私がどう見られているのか、知っておく必要があるからな。社交界に出ても、あまりいい扱いは受けない。さしずめ君は悪魔伯爵夫人だ」

「悪魔伯爵夫人！　まあ……」

セシリアは思わず笑い出してしまった。

「じゃあ、レディ・ルシファーとか呼ばれるのかしら。悪くないわね」

ニコラスは笑っているセシリアを呆気にとられた顔で見ていたが、やがて自分も笑い声を上げた。

「君がそれくらいの強い気持ちでいてくれると嬉しい。どのみち、そう呼ばれるのは君自身のせいじゃない」

「あなたのせいでもないわ、ニコラス」

セシリアは立ち上がり、机を回って、ニコラスの後ろから腕を回して肩に抱きついた。

「私はあなたが社交界に出たくなければ、出なくても構わないわ」

「だが、いずれ君の妹達に夫を見つけなくてはならないだろう？」

レジーナは十四歳、ジョージアナは十歳だ。まだそんな話は早いと思っていたが、数年はあっという間だ。いい結婚をさせたければ、社交界に出なくてはならないだろう。

「まだ先の話よ」

そう言いながらも、ニコラスがセシリアの妹達の将来のことまで考えてくれていたことが嬉しかった。

この人が悪魔だなんて、一体誰が言ったのよ……。

全然違う。冷たく見えるときもあるが、本心は絶対に違う。

「それはそうだが、その前にある程度、社交界に顔を出しておかなくてはならない。悪魔伯爵の義妹と言われていて、いい縁談があるとは思えない。まあ、持参金が一万ポンドもあれば、それなりの夫を捕まえられるだろう」

「一万ポンド……。本当にいいの？」

「ああ。少なくとも、君の妹は金のために結婚を決めなくて済む」

ニコラスはセシリアのことを言っているのだろうか。それとも、自分の母親のことを考えているのか。確かに結婚するしか道はなかったが、それでもセシリアはニコラスのことが好きだから、結婚を決めたのだ。嫌々ながら嫁いだわけではない。

彼がセシリアのことを金のために結婚した女だと考えているのなら、これからの生活でその考えを変えてみせようと思った。きっと口でそう言ったところで、ニコラスは信じないだろう。

セシリアは身を屈めて、彼の頬にキスをした。

「ありがとう、ニコラス。あなたは最高の夫よ」

「君の妹達はこの城を明るくしてくれる。せめてものお礼だ。……おいで」

ニコラスは椅子を少し引くと、セシリアを抱き寄せて膝の上に乗せた。

「やだ。昼間から……こんな格好！」

「もぞもぞ動くと、昨夜みたいに君の中に入りたくなるぞ」

「服を着てるのに無理よ。誰が入ってくるかも判らないのに、服を脱ぐなんてできないし」

ニコラスはクスッと笑った。

「服なんか脱がなくてもいい。君のスカートとペチコートをたくし上げて、ドロワーズの合わせ目を広げるだけで、後は……」

ニコラスがセシリアを後ろから抱いたまま腰を突き上げる仕草をした。悪ふざけだと判っているのに、セシリアは昨夜されたことを思い出して、慌てて彼の膝から下りた。彼の行動ではなく、自分の下腹部が熱くなってきたことが怖かったのだ。

「ダメよ、閣下。夜まで我慢しなさい」

ニコラスはセシリアの真っ赤になった顔を見て、ニヤリと笑った。

「今すぐ机の上に君を乗せて、思う存分、泣かせてみたい」

「机の上……？　どうやって？」

セシリアは書類や細々とした文具が置いてある机を見て、首をかしげた。こんなところで一体、何をするというのだろう。

「夜、私はここで読書をするから、興味があるなら君の好きなナイトドレス姿でここに来るといい」

「嫌よ……。来ないわ。私、ベッドの中がいいもの」

「もちろんベッドの中でも、君の大好きなことをしてやろう」

セシリアの頭の中は妄想で一杯になりそうだった。だが、そんな誘惑に乗るわけはいかない。抱かれるのはベッドの中だけでいい。どうして書斎でそんな真似をしなくてはならないのだ。そんなことをしたら、書斎に入る度に思い出してしまうのに。

セシリアは後ずさりしながら、呻《うめ》くように声を絞り出した。

「来ないわ！　私は絶対に来ないわよ！」

ニコラスはただ笑うだけだった。


夜になり、セシリアはナイトドレス姿になった。シルクの美しいナイトドレスだ。以前に着ていたコットンのものより、はるかに薄い生地で、レースやリボンがたくさんあしらってある。部分によっては、シルクの生地ではなくレースだけで、下の肌が露に見える。しかし、それほど下品という代物でもなかった。何より美しい。セシリアはその上に同じ生地のガウンを羽織り、ボタンを留めた。

ニコラスは書斎に来るようにと言っていた。あれは本気なのだろうか。ひょっとしたら揶揄われていただけかもしれない。そう思いながらも、ニコラスの言葉が思い出されて、居ても立ってもいられなくなる。何よりニコラスが本当に待っているのなら、彼の腕に飛び込んでいきたかった。

欲望だけのせいではない。セシリアはニコラスのことをもっと知りたかった。それには、もっと心を開いてもらう必要がある。身体が親密になれば、心もきっと親密になれるからだ。

とはいえ、それは単なる言い訳で、ニコラスに『大好きなこと』をしてもらいたいだけかもしれない。

セシリアは彼が寝室に来るのを待った。が、まったく来る様子もない。聞き耳を立てていたから、隣の彼の寝室にもいないことは判っている。

セシリアは読みかけの本を閉じて、部屋をそっと抜け出した。もう待てない。彼が待っているなら、どんな罠があろうとも、そこへ行くまでだ。

書斎のドアからはランプの明かりが洩れている。セシリアは軽くノックをして、ドアを開いた。ニコラスは夕食のときの服装のままソファに腰かけて、本を読んでいたが、顔を上げてこちらを見た。彼の顔には勝ち誇ったような表情が見えていて、セシリアはムッとした。

「来たわ。閣下に言いつけどおりに」

「君は来ないと言ったけど、来ないわけがないと思っていた」

ニコラスは笑みを浮かべて、セシリアに近づき、彼女の手を取った。セシリアは彼に導かれ、机に近づいた。ガウンを脱ぐように言われて、そのとおりにすると、乳首はすでに勃っていて、布地を押し上げていた。

ニコラスはそれを満足そうに見ると、机に向かっていた椅子を引っ張り出し、彼女に向けた。

「さあ、ここにどうぞ、マダム」

セシリアはドキドキしながらそこに座った。ニコラスはセシリアの片方の足を持ち上げ、室内靴を脱がせて肘掛けにかける。そして、もう片方も同じようにした。セシリアは両足を彼に向かって開いていることになる。

「嫌よ……。こんな格好……」

「セシリア、嘘はやめよう。本当は私に愛撫してもらいたいだろう?」

セシリアは迷った。だが、期待するものがなければ、そもそもここには来なかった。おずおずと頷くと、ニコラスは笑みを浮かべた。

「君の大好きことをしてもらいたかったら……ナイトドレスの裾を上げるんだ。私に君のすべてを見せるんだよ」

セシリアはゴクンと唾を飲み込んだ。もう恥ずかしいところは全部見られている。ただ、彼にいやらしい指示をされて、それに従うのが恥ずかしいだけなのだ。けれども、このまこうしていても、何も始まらない。欲しいものは得られない。

セシリアは裾を摑んで、ゆっくりと腰まで捲り上げた。ニコラスの視線がその部分に突き刺さる。それを感じただけで、セシリアの蜜は流れ出してくる。

「他にも弄ってほしいところがあるだろう?」

セシリアは胸のボタンを外して、そこだけ左右に開いた。丸い乳房とピンク色の乳首が彼の目に晒される。

ニコラスは頷き、机の引き出しを開けると、中を探った。取り出したのは羽根ペンだった。

「羽根ペンはもう時代遅れだ。しかし、他の使い方があるのを知っているか?」

「知らないわ……。帽子につけるとか?」

ニコラスは少し笑った。

「帽子を飾るには美しさが足りない。でも、こういう使い方をすれば、喜んでくれるご婦人方もいると思う」

ペンの羽根の部分がセシリアの胸の突起を撫でていく。ぞわっとするような感覚があった。しかし、不快なわけではなく、その逆だった。その柔らかなタッチに背筋がぞくぞくしてくるようだった。

「あっ……んっ……」

「ああ、あまり騒がないほうがいいな。誰か様子を見にくるかもしれない」

セシリアは顔を真っ赤にして、自分の口を塞いだ。その間にも羽根が身体のあちこちを撫でていく。焦らすように顎や首、それから鎖骨をなぞるように撫でられる。くすぐったいのに、それだけではない。性的な快感が身体を過ぎっていく。

「腕を引き抜いて」

セシリアはニコラスの言うとおりに動くしかなかった。袖から両腕を引き抜き、今やナイトドレスは胴にまとわりついているだけだった。

「ご褒美だ」

ニコラスは剝き出しの肩に羽根で触れてきた。そこから腕へと羽根は柔らかなタッチで移動していく。触れてほしいところにはなかなか触れてくれない。セシリアは身体をビクビクと揺らしながらも、声を出すことを我慢していた。

やがて、丸い乳房の全体をゆっくりと撫で、それから中央の突起に向かって円を描きながら動いていく。セシリアはその感触をじっくりと味わった。いや、味わわされた。あまりにゆっくりとした動きだったので、セシリアはそれが自分を嬲《なぶ》るさまをじっと見つめていたのだ。

「んっ……ぁ……」

どうにも声が出そうになる。気持ちがいいのに、とてもつらい。拷問でも受けているような気さえする。

羽根が乳首の先端をかすっていく。それを何度も繰り返されて、身体に震えがきた。

「指や舌とどっちがいいかな」

「どれも……好き」

「欲深だな。君はやっぱり淫乱なのかもしれない」

「違……あぁ……」

セシリアは慌てて口を押さえた。羽根で身体を撫でられて感じているのは、普通ではないのだろうか。自分では違うと思うが、よく判らないので反論はできない。

「ほら、こんなに濡らしている……」

ニコラスは椅子の前に屈んで、二本の指でセシリアの花弁をこじ開けた。すると、中からどんどん蜜が溢れ出してくる。自分でも信じられないくらい濡れていた。

「あ……すごく……熱いの……」

「ナイトドレスがびしょびしょだ。どこが熱いんだ?」

「中が……身体の中が……っ」

セシリアはもっと指で中をかき回してほしかった。そんなふうに入り口だけをなぞられても、物足りない。少しくらい乱暴でもいいから、奥まで入れてほしい。

セシリアは思わず腰を揺らめかせた。ニコラスは逆に指を引き抜き、その上にある小さな花芯を探った。そして、目的の場所を見つけると、それを羽根で優しく撫でる。

「あぁっ……あん……やめ……て……っ」

セシリアは目を閉じ、首を横に振った。羽根で撫でられているだけなのに、どうしてここまで過剰に感じてしまうのか。自分でも判らない。腰がガクガク震えてしまっている。声を出したくないのに、止められなかった。

突然、ニコラスは羽根ペンを机の上に放り出すと、セシリアの秘所へと唇をつけた。蜜壷の中に激しく舌を差し込み、かき回していく。セシリアは喘《あえ》ぎを抑えることができずに、徐々に昇りつめていく。

やがて、舌が花心を捉えた。何度も舐められて、セシリアは自分の胴に巻きついているナイトドレスをギュッと握り締めた。

もう……ダメ。我慢できない。

セシリアは身体を強張らせると、絶頂を迎えた。

「あぁぁっ……っ……」

鼓動が激しく打っている。セシリアは快感の余韻の中、呼吸を整えていると、ニコラスは唇を離した。彼もまた息を乱していた。

「気持ちよかったか？」

セシリアは何も言えずに、ただ頷いた。ニコラスは笑みを見せると、額に落ちた前髪をかき上げる。その仕草が色っぽく見えて、セシリアはドキッとした。

「君ばかりでなく、私もご褒美が欲しいな」

「ご褒美……？」

セシリアはまばたきして、彼の顔を見つめた。何を意味する言葉なのか、ピンとこない。

ニコラスはセシリアの両足を肘掛けから下ろして、手を取って、裸足のまま椅子から立たせる。すると、ナイトドレスがするりと足元に落ちていった。

書斎で全裸になっているという事実に、セシリアは眩暈《めまい》を起こしそうだった。けれども、ニコラスに身体を寄せると、なんとか気持ちを持ち直すことができた。

「今度は君が私を愛撫する番だ」

ニコラスが椅子に座り、ズボンのボタンを外していく。そして、硬くなった己のものを露出させた。セシリアは驚きに目を瞠った。ニコラスが何をしてほしいのか、おぼろげながらやっと理解できたからだ。

「私が……触っていいの？」

「もちろん。私のものは君のものでもある。そこに膝をついて」

セシリアは言われたとおりに椅子の前に跪いた。手を伸ばし、勃《た》ち上がっているものに恐る恐る触れる。ついこの間まで見たこともなかったものだ。こうして触る機会があるとは思わなかった。

「どうしたらいいの？」

セシリアは彼がどうやったら気持ちよくなるのか知らなかった。

「そっと握って」

握ると、その硬さが判る。硬いのに外側は柔らかくて、セシリアは感触をもっと確かめようと、握ったまま手を動かした。ニコラスがかすかに呻いて、セシリアは目を上げた。

「よくなかった？」

「いや……。とてもいい。続けて」

彼も感じている。そう思うと、急に元気づけられ、セシリアは感情の赴くままに、手の中のものへ何度か唇をつけた。

「ねえ、何か……出てきてるわ」

「君の蜜と同じことだ。興奮すると出てくる」

セシリアは嬉しくて、先端に続けざまにキスをして、舌でその蜜《みつ》を舐め取った。できることなら、セシリアは彼の身体中にキスをしたかった。だが、彼は服を着ていて、セシリアにそこまで自分を曝け出そうとはしないのだ。それが悲しくて、とても残念だった。

セシリアは夢中になって、先端から口の中にそれを迎え入れた。こんなことをできる自分に、何故だか興奮してくる。キスするときみたいに舌を絡ませ、できるだけの愛撫を加える。我を忘れるほど、セシリアは熱心に口の中のものを堪能《たんのう》し続けた。

「もう……いい。やめろ」

不意に不機嫌そうな声を出されて、セシリアは驚いて口を離した。嫌だったのだろうか。感じてくれていると思っていたのに、急に不安になってくる。

ニコラスは椅子から立ち上がると、セシリアの腰に手を添えて、持ち上げる。そして、机の上に座らせた。

「な、何っ？　どうするの？」

ニコラスは黙って、セシリアの身体を倒すと、腰を机の端に持ってくる。それから、一気に奥まで貫いた。

「あぁっ……」

身体にやるせない熱が戻ってくる。セシリアは奥を突かれて、背中を反らした。快感が腰から背骨を通って上まで這い登ってくる。ニコラスは息もつけないほどに腰をセシリアの内部へと打ちつけていく。

彼はセシリアのお尻をしっかりと握っている。痛いほどだったが、その痛みも快感と混同するくらい、セシリアは気持ちよくて仕方がなかった。

ニコラスのもたらす快感が好きなのだ。こうして抱かれて、身体の奥まで彼に支配されることが、嬉しかった。

自分はニコラスのものだ……！

これが妻になった喜びかもしれない。誰にはばかることもなく、こうして好きなだけ行為にふけることができる。愛人ではきっと罪の意識やいろんなものに悩まされていただろう。

何より、愛人は相手を自分のものにできないから……。

セシリアはニコラスのすべてが欲しかった。けれども、彼は夫になっても、自分のすべてをセシリアに渡そうとはしない。セシリアはこんなにも彼の前で無防備なのに。

セシリアは裸で、ニコラスは服を着ている。クラヴァットさえも外していない。上着もベストも着ている。きちんとした服装で、セシリアを凌辱していた。

その瞬間、ニコラスがセシリアの愛撫を途中でやめさせた理由に気がついた。彼は自分をセシリアに明け渡したくなかったのだ。

つまり、対等な関係ではない……。

愕然としたが、身体は素直にニコラスに従っている。大きな快感に呑み込まれ、セシリアは再び絶頂を迎えようとしていた。繋がっている部分が痺れるように熱い。身体の奥深くが、彼を求めていた。

セシリアはぐっと身体を反らした。全身を稲妻のような衝撃が貫き、やがて弛緩する。ほどなく、ニコラスも低く呻くと、セシリアの上へと倒れてきた。

身体の内部でドクドクと熱が放たれている。セシリアはニコラスの背中に手を回した。深い満足を感じながら、同時に苦々しいものを味わっていた。

彼がいつか心を開いてくれる日は来るのだろうか。彼の両親のように、判り合えぬまま生きていくのは、どれだけ虚しいだろう。

セシリアは彼の肉体だけでなく、心も欲しくなっていた。

二人の仲は変わらなかった。決して仲が悪いわけではない。昼間はお互いにやるべきことがある。彼には仕事があり、セシリアはマギーと話をしたり、家庭教師がいない間、妹達の教育もする。暇があるときは村に出かけ、ニコラスの領民が何事もなく暮らしているかどうかを見て回り、牧師館へ行き、奉仕活動も行なった。

夜はニコラスがセシリアの寝室を訪れて、二人で親密な時を過ごす。だが、朝には必ず彼の姿はなかった。自分のベッドで眠り、朝を迎えていたのだ。

ニコラスは決して隙を見せない。優しく思いやってくれるときもあるのに、どこか冷ややかな部分もあり、セシリアは彼のそんな仮面を取り去って、すべてを見たいと願っていた。

しかし、セシリアがどんなにそう願っても、ニコラスは必要以上、彼女を自分に近づけなかった。ニコラス自身もまた彼女に近づかない。一定の距離を持ち、身体だけをくっつけ合い、それがまるで義務であるかのように去っていく。

結局、セシリアは愛人と同じだった。妻は法的に立場を保証されているというだけだ。彼が欲しかったのは妻ではなく、最初からずっと愛人だったのだ。

セシリアの身体にはまだ興味があるようだったが、彼女の心を欲しいとも思っていない。それでも、彼が結婚してくれたことや、妹達のことを考えてくれることに感謝しなくてはならないのだろう。

　やがて、季節は初夏へと移り変わる。ニコラスはセシリアを書斎に呼び出した。

「明日からしばらくの間、ロンドンへ行こうと思う」

「……お仕事なの？」

　当然、ニコラス一人で行くものと思っていた。彼が仕事で留守にするときは、いつもそうだったからだ。

「いや、君も一緒だ。二人でロンドンのタウンハウスに滞在する」

　思ってもみないことで、セシリアはニコラスの顔を窺《うかが》った。彼の表情からは残念ながら何も読み取れない。わざと表情を隠しているようにも思える。

「親戚の耳に……父方の親戚だが、結婚の噂が入ったらしい。二人のお披露目も兼ねて舞踏会に来いという招待状が来た。……七年ぶりだ。連絡があったのは」

　その親戚とやらは、ニコラスが苦しいときには背を向けていて、今になって声をかけてきたのだろう。セシリアも似たような目に遭ってきたので、ニコラスの気持ちが判る。

「そういうものよ。親戚って」

　ニコラスは肩をすくめた。

「そういうわけだから、君の分の荷造りをしておくように。サリーも連れていくといい。レジーナはしっかりしているし、ミセス・サットンが面倒を見てくれるから心配ないだろう。祖母の世話は……」

「レジーナとジョージアナがしてくれるわ。二人とも、お祖母様のことが大好きなのよ。あんなふうに優しくしてくれる親戚は一人もいなかったから」

そういう意味では、セシリアもニコラスも似たもの同士かもしれない。親戚に恵まれないのだ。

「この機会に社交界に顔を出しておくのは悪くない。君はダンスが得意か？」

「得意……だったわ」

「今は？」

「判らない……。だって、私は社交界にデビューしていないのよ。マナーも何も知らないの。ダンスのレッスンも二年前に受けただけだし。……あなたはどう？」

ニコラスは困ったように上を向いた。

「私も七年間ダンスなどしていない。ロンドンに着いたら、二人で練習をしなければ」

「そうね……。それしかないわね」

ステップを覚えているかどうか、まったく自信はないが、他に方法はない。ニコラスの親戚など、もっと当てにはならないに決まっている。

それにしても、社交界……。昔は憧れたものだった。デビューのために宮廷《きゅうてい》へ行き、ヴィクトリア女王に拝謁《はいえつ》することを夢見ていた。ダンスをして、殿方に花を贈られたり、いつかはプロポーズを受けることも。

セシリアは人妻となっていたが、それでも社交界や舞踏会に対する憧れはまだ残っていた。夢見心地で久しぶりに行くロンドンを思い浮かべていたが、ふと気がつくと、ニコラスは渋い顔をしていた。

「何かよくないことでもあるの？」

「いや……。少し前まで、またあの軽薄な世界に足を踏み入れるときがくるとは思わなかったから。君はああいうのが好きなのか？」

「好きも嫌いも、よく知らない世界だから。伯父に引き取られてから、一度でいいから舞踏会に出たいと思っていたわ。私も当たり前のように行けるものだと思っていたのに」

ニコラスはそれを聞いて、表情を和らげた。

「そうか。君は社交界のことなんて何も知らないうら若き乙女だったんだな」

「もう乙女とは言えないけど、気持ちはそうよ。どんなところか知らないけど、すごくワクワクしてくる。楽しみだわ」

セシリアは早速そのことで頭が一杯になる。ニコラスは軽薄な世界だと言っていたが、それでも構わない。経験してみないことには判断は下せないし、何より念願だったのだ。

「サリーと一緒に荷造りするわね。他にご用は？」

「いや、また夕食のときに会おう」

同じ城の中にいるのに、ニコラスとはあまり顔を合わさない。彼に仕事があるのだから仕方ないといっても、やはり淋しい気持ちになってくる。夕食のときと寝室だけ。二人の接点はそれくらいだった。

よそよそしいほどの関係。親密なのはベッドの中だけ。

セシリアはそんな考えが頭に浮かんだが、慌てて打ち消した。彼は充分に優しいのだ。だが、こんな関係がずっと何年も続くことを考えたら、ゾッとしてくる。

いや、何年も続けば、セシリアのほうが慣れてしまうかもしれない。これが当たり前なら、きっと淋しいとも思わなくなるのだろう。

セシリアはそんなことを考えながら、自分の部屋へと戻った。

夕闇の中、ニコラスは四輪馬車の窓からロンドンの街並みを見つめた。

グランデル伯爵のタウンハウスはメイフェアにある。一度、売り払ったものをまた買い戻したのだ。綺麗に改装を済ませ、家具も絨毯も高価なものを買い入れている。信用できる使用人を雇い入れ、ニコラスが仕事でロンドンを訪れる度に、短期間ではあるがいつも滞在していた。

そういえば、セシリアを連れてくるのは初めてだ。使用人に妻を紹介しなくてはならない。そんなことを考えながら、向かい側の席に座るセシリアの様子を見る。彼女もまた窓の外を熱心に見つめていた。きっと二年前までのことを思い出しているに違いない。

　本当は社交界に再び顔を出すのは、あまり気が進まない。親戚の招待状など無視してやりたいが、いつまでもそんな状態でいることは好ましくなかった。自分は結婚して、これから子供もできるだろう。セシリアの妹達のこともある。貴族社会に背を向けていては都合の悪いこともある。また、仕事上でパートナーとなり得る貴族もいる。彼らと友好を温めても損はない。

　とはいえ、そういった理性的な考えよりも、嫌だという感情のほうが大きいのだ。七年前、どれだけ傷つけられただろうか。婚約者のアラベラの件が一番堪えたが、それ以外に学生時代から仲のよかった友人達ともあれきり付き合いはない。向こうから縁を切られた。破産寸前の伯爵家には未来がないと思われたのだろう。

　そして、悪魔伯爵の噂が流れた。何も社交界と繋がっていなくても、生きていける。ニコラスは貴族より実業家のほうが付き合いやすいと思っている。仕事での付き合いはプライベートにも及び、なんの不都合もない。

　そう思ってみても、自分が社交界から逃げていることには変わりはない。何を恐れることがあるだろう。自分は財産を取り戻したのだと胸を張ればいい。誰が陰口を叩いたとしても関係ない。自分はセシリアをエスコートして、舞踏会に出るのだ。

　セシリアの美貌はきっと役に立つ。窓の外を見つめる彼女の横顔を見て、本当にそう思う。これほど美しく若い妻を手に入れた。マナーを知らないと本人は言っていたが、気立てのいい賢い女性だ。無事に切り抜けて、自分を助けてくれるだろう。

ニコラスは彼女を腕に抱いてワルツを踊るところを想像した。美しいドレスを着たセシリアを思い浮かべただけで、誇らしい気持ちになる。そして、喜びが胸に溢れてきた。だが、ニコラスはその喜びを胸の奥に無理やり仕舞いこもうとした。

彼女を大切にするのはいい。だが、彼女に入れ込みすぎてはいけない。

今のところそれは成功していると言ってもいいだろう。夜には思う存分、彼女を抱き、昼間は今までどおり仕事に打ち込む。違うのは城の中が明るく賑《にぎ》やかなことと、使用人への細かい指示や城の管理をすべて彼女が引き受けてくれて助かっていることだ。

若くて美しく健康で気立てがよくて、その上、有能なのだ。彼女は子供の躾もきちんとしてくれるだろう。自分はいい妻を持った。自分も彼女にできる限りのことはしてやろうと思う。舞踏会がそれほど好きなら、何度でも出席しよう。

しかし、愛情は別だ。そんなものは必要ではない。ニコラスが以前考えていた愛情は、すべて幻《まぼろし》だった。アラベラのことだけでなく、自分の両親のこともある。愛だと思い込めば、裏切られたときがつらい。だから、二人の結婚には愛情は差し挟まない。理性的な結びつきと身体の関係があればいいだけだ。

自分はセシリアを愛していない。彼女もまた自分を愛しているわけではない。そうだ。

愛するはずがない。セシリアが求めていたものは、結局、生活の安定だ。すなわち、財産だ。彼女も社交界に出ることを喜んでいた。あれほど愛人にならないかと誘っていたときは、美しいドレスなんていらないと言っておきながら、今は喜んで受け入れている。だが、ニコラスはそれを非難しているわけではない。それどころか、歓迎しているくらいだ。

二人はこうして静かな暮らしを営んでいく。情熱はベッドの中だけでいい。ただ、セシリアのほうは自分に対して何か不満があるようだ。恐らくもっと構ってほしいという可愛い我儘だろうと、ニコラスは推測している。そのこともあって、彼女をロンドンに連れてきたのだ。

ロンドンは刺激的な街だ。ボンドストリートへ買い物に行くだけでも、女性なら楽しいだろう。舞踏会で友人ができればなおいい。たまにはオペラに連れていってもいい。ハイドパークで馬や馬車に乗るのもいいだろう。しばらくここで過ごせば、セシリアの機嫌もよくなる。ニコラスはそう考えていた。

やがて、馬車が停まり、御者が扉を開いた。目の前に壮麗《そうれい》な白亜のタウンハウスが建っている。とはいえ、グランデル城に比べればはるかに手狭だ。

後ろに停まったもうひとつの馬車には、ニコラスの近侍のアダムとセシリアの小間使いであるサリーが乗っており、荷物が積んであった。しばらく滞在するつもりだったから、荷物はたくさんある。

セシリアは御者の手を借りて馬車から降りる。そして、改めて屋敷を見上げた。

「立派なお屋敷ね……。素晴らしいわ」

「外観より素晴らしいのは、屋敷の中だ。さあ、おいで、奥様」

セシリアの手を取ってエスコートする。玄関の扉では執事が丁寧なお辞儀をした。

「閣下、奥様、ご結婚おめでとうございます」

「ありがとう。セシリア、彼が執事のウィラードだ」

セシリアはにっこりとウィラードに微笑みかけた。

「ウィラード、よろしく。私達、しばらくここでお世話になるわ」

「とんでもございません。このお屋敷に奥様をお迎えするのは、大変光栄なことでございます」

玄関ホールには使用人が集まってきている。彼らは伯爵夫人が来ると聞いて、歓迎してくれている。ニコラスは彼らにセシリアを紹介し、セシリアは一人一人に笑顔で挨拶《あいさつ》をする。それだけでも、セシリアはニコラスの妻として責任を果たしていると言ってもいい。

セシリアの明るい笑顔や心のこもった言葉は、相手にも移るのだ。

「伯爵夫人を部屋にお連れするように。私は書斎でやることがある」

馬車の中ではセシリアとずっと一緒だった。彼女の顔を眺め、彼女の言葉を聞き、彼女の笑い声を聞いていた。あまりにもセシリアが自分の中を占める割合が大きすぎてしまい、彼女と距離を置いていたいニコラスはしばらく頭を冷やす必要があった。

ニコラスは書斎でブランデーを飲み、一息ついた。セシリアは日に日にニコラスの心の中へと侵入してくる。ベッドでは彼女を堪能できるのだ。今は必要ない。ニコラスはアラベラのことを思い浮かべて、頭の中のセシリアをなんとか追い払うことに成功した。

アラベラはあの後、すぐに別の男と婚約した。二十歳ほど年上のコンフリー子爵だ。だが、当時、裕福だと噂されていたコンフリー子爵は、先妻との間にできた息子が賭け事で作った借金に悩まされているという。財産をあれほど愛していたアラベラはきっと悔しがっていることだろう。まさか、七年後のニコラスがこれほど資産家になるとは、あの頃、誰も想像していなかったのだから。

しばらくして、書斎のドアがノックされ、セシリアが入ってきた。埃のついた旅行用のドレスから別のドレスに着替えている。風呂にも入ったらしく、彼女の髪はまだ湿っていて、そのまま肩にかかっていた。長い金色の髪が揺れるのを見て、ニコラスは彼女を今すぐ抱きたくなる気持ちを抑えた。

髪が長いからなんなのだ。そう思うものの、ニコラスは彼女の髪がずっと好きだった。絹糸のような手触りで、いつもキラキラと光を受けて輝いている。できることなら、彼女にずっと髪を下ろすように命令したいくらいだ。

「何か不都合なことでも?」

　ニコラスはわざと素っ気なく声をかけた。そして、ブランデーを口に運ぶ。セシリアは何故だかいつもの彼女らしくもなく、妙にもじもじとしている。

「あの……私のお部屋なんだけど」

「ゲストルームの中で一番広くて豪華な部屋にしておいた。君も気に入るだろうと思って」

「ええ……気に入ったわ。本当に素敵ね。でも……荷物を運んでくれたマイクに聞いたんだけど、伯爵夫人のお部屋は伯爵と同じお部屋だったって……。つまり、あなたのお部屋のことね」

　ここには伯爵夫人の部屋というものは最初からない。同じ部屋を使うということが前提として造られたもので、伯爵夫妻の部屋があるだけだ。だが、ニコラスはずっとそこを一人で使っていた。結婚してからも、それを変えるつもりはなかった。

「部屋は別々がいいだろう。君も一人で寛《くつろ》ぎたいだろうし、一緒に眠れば相手の寝返りにも神経質になる。私も夜はゆっくり眠りたい」

「そうなの……」

　セシリアは肩を落とした。彼女は朝まで自分と一緒のベッドで眠りたいと本当に思っているのだろうか。一瞬、ニコラスの胸に温かいものが芽生えた。そして、セシリアの肩を抱き、同じ部屋を使おうと言いたくなった。だが、その想いをなんとか握り潰した。

　彼女を抱いて眠りにつきたいという誘惑は何度かあった。しかし、その度に、ニコラスはあの冷たいアラベラを思い出すことで、その誘惑に打ち勝ってきた。セシリアは確かに素晴らしい女性だが、それでも気を許すつもりはない。彼女を愛する羽目になったら、自分が地獄に落ちてしまう。

「あの、でも、私は同じベッドでもきっと平気だわ。もし気が変わったら……」

「変わることはない。私は一人で眠るほうがいい」

「そう……判ったわ」

セシリアは自分の気持ちを押し隠すように無表情になった。ニコラスは彼女にそんな顔をさせたのが自分だと思うと、罪悪感で押し潰されそうになる。

ニコラスは咳払いをした。

「夕食の後……一緒にダンスの練習をしよう」

そう言った途端、セシリアの顔に生気が甦った。まるでそこら中がパッと明るくなったような気がする。

いや、これは気のせいだ。セシリアの表情の変化だけで、部屋の明るさが変わるわけはない。

「ええ、ぜひ！　ありがとう、ニコラス」

セシリアはすでにダンスでもしているような軽い足取りで書斎を出ていった。一人で取り残されたニコラスは、すぐさま彼女の後を追いたくなった。そして、後ろから抱き締めて、彼女の耳に囁きたくなる。

一体、何を……？　彼女に何を言おうとしているんだ。

ニコラスは残りのブランデーを呷《あお》った。


夕食後、セシリアは広々とした音楽室にいた。ピアノが置いてあり、壁際には大きなソファがたくさん並んでいる。この部屋でニコラスの祖先の誰かがピアノを弾き、それを鑑賞する会が開かれたに違いない。

ニコラスはオルゴールのねじを巻き、ピアノの上に置いた。

「さあ、ワルツだ。レディ・グランデル、どうか私と踊っていただけませんか？」

愛嬌《あいきょう》たっぷりにお辞儀をするニコラスに、セシリアは笑顔で応えた。

「グランデル伯爵、喜んで」

二人は片方の手を取り合った。ニコラスはセシリアのウエストにもう片方の手を添える。セシリアはニコラスの肩に手を置き、彼の腕の中で昔教わったとおりのステップを踏んでいく。

「意外と覚えているものね。あなたのリードがいいからかしら」

実際、セシリアはニコラスの動きに自分を合わせているだけだ。ニコラス以外の男性にリードされて、こんなに上手く踊れるかどうか自信がない。

「君はコルセットをつけていない。舞踏会にはつけていくんだろう？」

「もちろんよ。どうして？」

「君が踊るのは私だけじゃない。私以外の誰かの手が君のウエストの感触を楽しむことは許されないと思う」

セシリアはくすくすと笑った。

「あなたが妬《や》いてくれるとは思わなかったわ」

「妬いているわけじゃない。夫としての権利の話だ。いや、君の貞節の話かな」

「私にはあなたがいるもの。他の誰と踊っても、私はあなたのものよ」

セシリアを見つめていた彼の眼差しが一瞬、曇《くも》った。何かいけないことを言ってしまったのだろうか。だが、セシリアには覚えがなかった。貞節《ていせつ》の話をされたから、セシリアの夫は彼だと言っただけのことだ。

「あなただって、私以外の女性と踊るのでしょう？」

「私は他の女性とはダンスをしない。申し込んで断られるのは嫌だ。まして、声をかけただけで気絶されたら、その場にいられなくなる」

「気絶ですって？　何故？」

ニコラスは唇を歪《ゆが》めて笑った。

「私が悪魔伯爵と呼ばれていることを忘れてもらっては困る。誰も私と踊らない。君以外はね」

そんなことはないはずだとセシリアは思う。悪魔伯爵だろうがなんだろうが、今の彼にダンスを申し込まれて、断る女性がいるとは思えない。彼は自分を過小評価している。こんなに素敵な男性と踊れるなら、少しくらいの不名誉は我慢するだろう。いや、そもそも彼を一目見たら、悪魔伯爵という噂はなくなるんじゃないだろうか。

「それなら、私もあなた以外の男性とは踊らないわ」

「君の場合はそうもいかないだろう。ダンスを申し込むのは男の側だから。君とダンスを踊りたいと思う男はたくさんいる」

「私が断ればいいのよ。ずっとあなたと踊っていたい」

ニコラスは唇に微笑を浮かべて、セシリアの背中を撫でた。

「夫婦はそれほど人前で親しげにしないものだ」

「馬鹿馬鹿しいわね。社交界って」

セシリアはニコラス以外の誰とも踊りたいとは思わないのだ。それなのに、他の男性と踊らなくてはいけないなんて、そんなつまらないことはない。今のこの時でさえ、セシリアはずっとニコラスと踊っていたいくらいだ。しかし、オルゴールはすぐに速度が遅くなってくる。

ニコラスが舌打ちをして、立ち止まった。そのとき、セシリアは彼の足に躓《つまず》いてしまい、転びそうになる。ニコラスは彼女を抱き留めた。

男らしい身体に包まれて、セシリアは思わず自分から彼の首に両腕を回した。そして、驚いている彼の唇に自分の唇を重ねる。自らしたキスは初めてだった。衝動的かもしれないが、今、どうしてもしたくなったのだ。

セシリアは彼の唇を吸い、舌を差し込んだ。ニコラスもそれに応え、彼女の腰を両手で抱き締めた。やがて、その手がスカートとペチコート越しに何度もお尻を撫でていく。

すでにダンスの練習どころではない。セシリアは夢中になってキスをした。彼の関心を惹きたい。彼に見つめてもらいたい。もっと抱き締められたかった。

ニコラスは突然、セシリアの背中をピアノに押しつけ、スカートとペチコートを捲《めく》り上げようとした。セシリアは彼が情熱的になってきたことを嬉しく思った。自分の積極的な行動が彼を誘惑したのだ。これから荒々しく抱かれるところを想像して、足の間がもう熱くなってきた。

彼の手が太腿に触れたとき、ふとニコラスは我に返ったように動きを止めた。

「ニコラス……？」

セシリアの身体に宿った炎が消えていく。ニコラスはそろそろとペチコートを下ろした。そして、セシリアから離れて、咳払いをする。彼の目はセシリアを見ていなかった。

「ニコラス！」

セシリアは非難を込めて、彼の名を呼んだ。絶望が胸を過ぎる。こんなふうに拒絶されたことは初めてだった。今——たった今、彼女は幸せの絶頂にいたはずだったのに、ほんの少しの間に奈落の底へと突き落とされてしまった。

しかも、自分の夫にそんな仕打ちをされたのだ。あまりのことに、立ち直れそうになかった。

「セシリア、私は君に言っておくことがある」

ニコラスは静かに話し始めた。

「結婚とは一種の契約《けいやく》だ。私は情事の相手と後継ぎを産んで育ててくれる母親が欲しかった。君は生活の安定と妹達の面倒を見てくれる相手が必要だった。だから、二人はそれぞれ欲しいものを得るために結婚したんだ」

セシリアは息が詰まりそうだった。呼吸が上手くできない。胸が苦しくて。

「だから、お互いに冷静にならなければいけない。情熱は一時のものだ。欲望はあったほうがいいに決まっているが、親密すぎるとよくない。お互いに距離を取りながら、上手くやっていきたいと思っている」

彼がそう考えていることに、薄々気づいていた。しかし、面と向かって言ってほしくなかった。セシリアは彼の本音を聞かされて、傷ついていた。彼にはセシリアを騙《だま》すだけの優しさもないのか。正直な気持ちがこれほど人を傷つけるとは知らないのだろうか。ニコラスはあまりにも残酷《ざんこく》だった。

セシリアは決して手の届かない相手を好きになっていた。ニコラスには愛情の欠片《かけら》もなかった。欠片くらいはあるとセシリアは信じていたのに。

こんなにも冷たく突き放される日が来るとは思わなかった。いや、いずれ来るにしても、新婚である今ではないと思っていた。

「あなたは……私の身体だけが欲しいのね」

ニコラスは肩をすくめた。

「そんなことを言ってしまっては、身も蓋《ふた》もない。私は君の夫としてできるだけのことはしているつもりだ」

そうだった。彼はセシリアの妹達のことまで考えてくれている。結婚する気はなかったのに、愛人ではなく妻にしてくれた。持参金もないセシリアを。

「そうね……。私はあなたに感謝するべきなのに」

「感謝は必要ない。私だって欲しいものはもらっている。子供はまだのようだが、いずれできるだろう」

セシリアはこの場で泣き崩《くず》れてしまいたかった。しかし、プライドが許さなかった。彼に愛される可能性を信じていたなんて、そんな自分の愚かさを彼に知られたくなかったのだ。それなら、彼の意見に同意したほうがよほどマシだった。

唇を噛み締め、涙を堪える。絶対に泣いてはならない。彼にどんな同情もされたくなかった。

「判ったわ。じゃあ、今夜はどうなさるの？　つまり、私のベッドに来るの？」

「今夜は旅の疲れもある。ゆっくり休みなさい。舞踏会は明後日だから、明日はボンドストリートにでも行って、のんびり買い物を楽しめばいい」

つまり、セシリアは伯爵夫人がするようなことをすればいいということだ。だが、ニコラスに拒絶された今、それになんの楽しみがあるだろうと思った。

「そうね。私、疲れたわ。それでは、閣下。おやすみなさい」

セシリアは優雅《ゆうが》にお辞儀をすると、ゆっくりと音楽室を横切り、廊下に出た。涙が出るまでに自分の部屋に戻れるだろうか。セシリアは一刻も早く枕に突っ伏して泣きたかった。


舞踏会の夜、セシリアは緊張していた。

この日の彼女の装いは胸元が大きく開いた淡いピンクのサテンのドレスだった。肩も背中も出ていて、大胆なドレスだったが、胸元を白いレースが可愛く飾っており、スカートは三段重ねになっていた。首には先程ニコラスから贈られたエメラルドとダイヤモンドの豪華なネックレスがつけられている。顔の横の髪をいくつかカールにして垂らし、他の髪をひとまとめにして後ろに結い上げ、リボンを編み込んでいる。そして、白いキッドの手袋をはめ、扇を持つ。装いは間違っていないと思うが、不安でならなかった。

「さあ、奥様。伯爵様がお待ちですよ」

支度を手伝ってくれたサリーに促され、セシリアは階段を下りていく。玄関ホールでは黒の夜会服に真っ白なクラヴァットを巻いているニコラスがこちらを見上げている。彼の正装した姿は何度見ても素敵だった。二人は微妙な関係になりつつあったが、それでもセシリアは彼のそんな姿を見ると、心から感動を覚えた。

階段を下りると、ニコラスがセシリアの手を取り、感嘆《かんたん》したように呟いた。

「とても綺麗だ……」

「あなたも素敵よ」

ニコラスは微笑んで、セシリアの手を自分の腕にかけて、玄関の外へと出る。玄関正面にはすでにグランデル伯爵家の紋章がついている馬車が待機していた。セシリアは馬車に乗り込み、スカートを広げる。今日はペチコートを何枚も重ねているので、スカートはかなり広がっていた。ニコラスはスカートをよけるようにして、向かい側の席に座った。

馬車は動き出す。行く先はリンデン伯爵の邸宅《ていたく》だった。彼はニコラスのはとこに当たるという。久しぶりに会うそうだが、ニコラスは緊張した面持ちではなかった。

「リンデン伯爵とは七年ぶりに会うの？」

「そうだ。あいつがどんな顔をして私達を迎えるのか、楽しみだ」

彼は七年前の暗い感情を引きずっている。破産寸前というときに誰からも背を向けられた経験は、セシリアにも判るつもりだ。だが、ニコラスの場合、それだけではないような気がする。七年前、彼に一体何があったのだろう。

セシリアは普通に振る舞っていても、一昨日の夜以来、彼とは心情的に距離を取ってきた。こちらがどれだけニコラスのことを追い求めても、彼は気持ちを返すつもりはまったくないことが判ったからだ。

冷静に……ですって？

泣くだけ泣いたセシリアは、今はかなり怒っていた。態度に表すことはないが、怒りは続いている。そんなわけで、彼にエスコートしてもらっても、自分一人で舞踏会に行くような気がして、まったく緊張が取れなかった。

リンデン邸の前には長い馬車の行列が続いている。これがすべて招待客だと思うと、気が遠くなりそうだった。そのうち、やっと順番が来て、セシリアはニコラスと共に馬車から降りた。そして、玄関ホールで出迎えてくれたリンデン伯爵夫妻に挨拶《あいさつ》する。ニコラスは慇懃《いんぎん》な態度でいたが、リンデン伯爵のほうは何事もなかったかのように温かく迎えてくれた。もちろん、それは彼らの本心とは言えないだろうが、少なくともこれからはそういう付き合いをしようという気持ちの表れのように思えた。

セシリアはニコラスの顔を見上げる。なんの表情も浮かんでいない。彼は七年ぶりの舞踏会で、決して心の内を誰かに見せるようなことをしたくないのだ。改めて彼のプライドの高さと、彼が受けた傷の深さをセシリアは思い知った。

舞踏室は広い空間で太い円柱が何本もあった。キラキラと光るシャンデリアがいくつもぶら下がっていて、花や観葉植物などで飾りつけがされている。すでにたくさんの招待客がいて、女性は色とりどりのドレスを身につけて華やかに見える。

二人がそこに足を踏み入れると、一瞬、辺りが静まり返った。すぐその後にさざ波のような声が広がる。そこにいる人々がみんなこちらを見ていて、どうやら噂話をしているようだった。気のせいならいいが、そうではないようだ。

「悪魔伯爵夫妻だって言われてるのかしら」

「君はレディ・ルシファーって呼ばれたいんだろう?」

「別に呼ばれたいわけじゃないわ。どうせなら、そう呼んでほしいと思っただけで」

ここではつまはじきにされるのかと思った。だが、どのみち、すぐには受け入れてもらえないだろう。セシリアはニコラスの腕に摑まって、舞踏室をぐるりと回った。

「私達は有名人らしいな。みんなから見られている」

「でも、話しかけてこないのね」

セシリアはさりげなく周囲を見た。娘時代の友人や親戚がいないかと探してみたが、誰もいないようだった。いたとしても、セシリアに話しかけられて嬉しいかどうかは判らない。

「落ち着かないようだな。飲み物を取りにいこうか」

セシリアはニコラスに誘われ、ドリンクテーブルに近づいた。冷たいシャンパングラスをニコラスから受け取り、口をつける。初めての舞踏会で、もっと楽しみたいのに、周囲の目が気になって仕方がない。こうなることは覚悟していたが、やはり無視することはできなかった。

だが、妹達のことを考えたら、ここで逃げるわけにはいかない。それに、ニコラスにも七年前の呪縛から抜け出してほしかった。社交界は彼の言うとおり馬鹿馬鹿しいものかもしれないが、彼はなんといっても貴族だ。同じ階級の人間と触れ合っておくのは、きっと彼のためになる。これからの仕事にいい影響を与えてくれるかもしれなかった。

楽団が音楽を演奏し始め、ダンスが始まった。しばらくの間、二人はシャンパンを飲みながら、ダンスを眺めていた。

「次はワルツのようだ」

ニコラスはにっこりと微笑んで、セシリアに腕を差し出した。セシリアは彼の腕に手をかけて、舞踏室の中央へと向かう。たくさんの男女がそこにいたが、ニコラスと手を取り

合えば、二人だけの世界と同じだ。ニコラスは優雅にステップを踏み、セシリアは彼にリードされて、珠玉の時間を味わう。

しかし、あっという間に音楽が終わり、セシリアはがっかりした。

「もっと踊りたかったのに」

「また次のワルツで踊ろう」

「約束よ」

舞踏室の隅のほうへと向かっていると、途中で声をかけられた。

「ニコラスじゃないか。久しぶりだな。何年ぶりだ?」

ニコラスは声をかけてきた男に向き直った。硬い表情になっているのが判る。ファーストネームを呼んでいるということは、昔の友人かもしれない。

「ヘンリー……今はカヴァトリー男爵か」

カヴァトリーはニコラスとあまり変わらない年齢のようだが、かなり太っていた。そのせいか、とても気のいい男に見えた。

「そんな堅苦しい呼び名はごめんだ。結婚したんだって? 社交界ではその噂で持ちきりだ」

「ああ。私の妻、セシリアだ。セシリア、こちらは私の友人のカヴァトリー男爵だ」

セシリアが挨拶をすると、カヴァトリーはセシリアの手を恭しく取った。

「なんとお美しい。後で踊っていただけますか？」

「ええ、喜んで」

正直なところ、あまり踊りたいとは思えない相手だったが、グランデル伯爵夫人としては申し出を受けるべきだろう。いつまでもニコラスにくっついていては、彼だって七年間の空白を埋められないに決まっている。

「ニコラス、向こうで飲みながら話さないか？　今日はジェームズも来ている。他にも君と話したいと待っている奴らがいるんだ」

セシリアはニコラスに笑いかけた。

「行ってらっしゃい。私は少し休んでいるから。次のワルツのときには迎えにきてね」

彼はあまり嬉しそうにはしていなかったが、これは必要なことなのだ。セシリアは彼を送り出し、舞踏室の隅にあった椅子に腰かけた。主催のリンデン伯爵夫人を捜してみたが、人込みの中では見つけられなかったからだ。

セシリアは腰を下ろしたことで、ようやく落ち着くことができた。ちょうど背の高い観葉植物が隣にあって、その陰になっていることで視線が少し避けられたからだろう。

ここは社交界なのだから、もっと社交に励まなくてはならないのだろうが、知り合いが見つけられないセシリアにはどうしようもなかった。娘時代の友人といったら、ごくわずかだ。彼女達が二年前からどういう運命を辿ったのかも定かではない。結婚したのか、未婚のままなのか。彼女達に会いたいという気持ちはあったが、この舞踏会に出席しているかどうかは判らなかった。

ふと、彼女の耳に悪魔伯爵という言葉が耳に入ってきた。観葉植物を隔てた隣の長椅子に座っている女性達が声高に話している。

「よく社交界に出てこられたものね。みんな、噂を知っているのに」

棘のある意地の悪そうな声だと、セシリアは思った。

「でも、アラベラ。あなた、彼と婚約してたんでしょう？」

セシリアは驚いて、観葉植物越しにアラベラと呼ばれた女性の顔を見つめた。とても美しい女性で、歳は二十代後半くらいに見えた。確かにニコラスと年齢が釣り合うし、彼女の美貌もニコラスには似合っている。

でも、本当に……？　彼女は婚約者だったの？

それはあの七年前のことだろうか。婚約はいつ破棄されたのだろうか。破棄したのだとしたら、恐らく彼女のほうからだ。男性から婚約破棄すれば、女性は名誉を汚されたことになる。ニコラスはよほどの理由でもない限り、そんな真似はしないだろう。

「だって、ニコラスは私に夢中だったもの。あの人、私と婚約する前はたくさんの愛人がいたのよ。あの頃、付き合っていたのは公爵の未亡人だったわ。でも、彼女に別れを告げて、私にプロポーズしたの。すごくロマンティックだったわ。でもね……お父様が謎の死を遂げて……彼は財産もなくなったし、あの噂でしょう？　結婚どころか婚約は破棄したわ。どう考えても無理だもの。伯爵夫人にしてあげるから結婚してほしいって、泣いてすがってこられたけど……」

「まあ、あの悪魔伯爵が？　あなたに泣いてすがったんですって？」

周囲で笑い声が広がった。どうやら、彼女達はわざとセシリアに聞こえるように話をしているようだった。セシリアは唇を噛んで、前を向いた。こんなことはなんでもない。ただ、こんな女がニコラスを侮辱していることだけが許せなかった。

「そういえば、伯爵夫人はとても若いのね」

「彼女は田舎者でしょ？　すごく貧しかったって聞いたわ。結婚するときにまともなドレス一枚も持ってなかったたって。それどころか、コルセットさえ持っていなかったそうよ。下着もボロボロで……」

マダム・ヴェルティエが得意になって吹聴《ふいちょう》したに違いない。セシリアは顔を真っ赤に染めた。そんなことまで噂になっているとは思わなかった。

アラベラは憎々しげに話を続けた。

「子爵の娘だっていうけど、本当かしら。使用人だったらしいじゃないの。ニコラスはあの噂があるから良家の花嫁を選べなくて、そんな貧乏人の娘を妻にしたのよ。伯爵には後継ぎが必要だものね。金貨を見せびらかせば、あの娘はすぐにでも結婚に飛びついたに違いないわ」

　どうしてそんなひどいことを言われなくてはいけないのだろう。だが、ここで立ち上がって、文句を言うわけにはいかない。そんなことをしたら、きっと恥をかくのは自分だろう。慎みのない伯爵夫人だと噂をばら撒かれるに決まっている。

　セシリアは手にしていた扇《おうぎ》をぐっと握り締めた。

「でも、彼女、自分が結婚した相手が悪魔伯爵だって知ってるのかしら。お父様を手にかけたのが本当だとしたら……？　彼女だって危ないかもね。お父様が夫人を突き落としたって、もっぱらの噂だし、結局、ニコラスには暗い過去が付きまとうのよ」

　その暗い過去のうち、どれくらいが真実なのだろうか。そんな根も葉もない噂に、ニコラスが翻弄《ほんろう》されているのが悔しかった。彼は今も過去から抜け出すことができないでいる。それもこれも、この無責任な社交界の噂が原因なのだ。

　扇を持つ手がぶるぶると震えている。我慢することが難しかった。これ以上、何か言われたら、彼女達を怒鳴りつけてしまうに違いない。

　そのとき、紳士が集まっていた部屋からニコラスが出てくるのが見えた。セシリアを捜しているような素振りをしている。彼女は立ち上がろうとして、ニコラスに近づく女性に目を留めた。

「あら、あれは……昔の彼の愛人じゃないの？」

アラベラの意地の悪い声が説明をしてくれた。

「彼が野暮ったい小娘と結婚したから、自分もまだチャンスがあると思っているのよ」

「ねえ、アラベラ、あなたは彼に挨拶しないの？」

アラベラはもったいぶった態度で含み笑いをした。

「そうね。声をかけてやってもいいわ。だって、彼は今でも私の虜だと思うから」

アラベラは立ち上がると、ニコラスのほうへと向かっていった。セシリアはどうしていいか判らず、その後ろ姿を見送っていた。侮辱されていたのはニコラスじゃなく、セシリアのほうなのだと、今、気がついた。

元愛人と話していたニコラスは素っ気ない態度でいたが、アラベラが近づくと、明らかに表情を変えた。動揺しているのが判る。その眼差しはきつかったが、それでもアラベラがテラスのほうを指し示すと、二人は一緒にそちらへ移動していった。

セシリアはそれを見ていて、座っているのに頭の血が下がってくるようなショックを受けた。

観葉植物の向こうでアラベラの友人達の声が聞こえる。

「やっぱりね。アラベラのことをまだ愛しているのね」

「アラベラは彼の愛人の座を狙っているの？」

「そりゃあ……彼女の夫はね……」

「借金で首が回らないんじゃ、新しいドレスを買ってくれる男性のほうがいいもの。それに、ベッドのほうも……」

忍び笑いが洩れる。

「彼女の夫は歳を取りすぎているものね」

「グランデル伯爵はなんと噂されていても、やっぱり魅力的よ。彼に抱かれたい女性はたくさんいるわ。資産家だし」

「悪魔伯爵と呼ばれているからこそ、危険な魅力があるのよ。社交界に戻ってきたなら、これからいろんな女性が彼に近づいてくるわね」

「あら、嫌だ。あなた、伯爵夫人の不幸を願っているの？」

「あんな田舎の小娘が着飾っても、伯爵夫人だなんて誰も思わないでしょう？」

それから話題は移っていき、やがて女性達は別の場所に移動していった。セシリアはうつむきながら、惨めさに耐えていた。自分の装いは間違っていないと思っていた。綺麗なドレスを着て、宝石のついたネックレスをつけていれば、自分はちゃんと伯爵夫人に見えると思っていたのに、彼女達にはそうは見えなかったのだ。

今すぐ帰りたい。けれども、今は帰れない。ニコラスはどこに行ったのだろう。テラスに出ていったままなのだろうか。今頃、アラベラと一緒にいるのだろうか。話をするだけじゃなく、彼女に愛を囁いていたら……。

そのとき、セシリアの頭の中に彼女の取り巻きが言った言葉が甦《よみがえ》る。

『アラベラのことをまだ愛しているのね』

ニコラスはまだ彼女のことを愛していて、それでセシリアのことはなるべく遠ざけようとしていたのだろうか。ニコラスがセシリアに望んでいたのは、情事の相手と後継ぎを産む身体だけだった。

愛は……？

彼には愛する人がすでにいたの？

セシリアは胸に突き刺すような痛みを感じた。

「久しぶりだね！　セシリア！」

突然、声をかけられて、セシリアは顔を上げた。そこには人懐こい笑顔を浮かべた男性がいた。年齢は二十代前半くらいで、背がずいぶん高い。しかし、セシリアには見覚えがなかった。

「失礼ですが、どなたでしょうか」

「やだなあ。コリンだよ。君の隣に住んでいた……」

セシリアは思い出した。クルーン子爵のタウンハウスの隣に住んでいた元気のいい男の子のことを。

「まあ、コリン！　ごめんなさい、ずいぶん成長していて判らなかったわ」

セシリアは慌てて立ち上がった。コリンは照れ笑いをしながらも、改めてセシリアを見つめる。

「最後に会ったとき、まだ君はほんの少女だった。僕が寄宿学校に入ってからは、ほとんど顔を合わさなかったからね」

「子供の頃でなければ、一緒に遊ぶこともなかったものね」

コリンには妹がいて、セシリアはその妹と友達だったのだ。子供同士でお茶会を開き、コリンや幼いレジーナやぬいぐるみを交えて遊んでいた。ただし、コリンは大抵、途中で飽きてしまって、ぬいぐるみに悪戯《いたずら》しては彼の妹やセシリアに怒られていた。

「妹さん……リリーは今どうしているの？」

「今年は叔母と大陸へ旅行に行ってるんだ。今頃はパリかな。君と会ったって聞いたら喜ぶよ。リリーも僕も、君のことをずっと捜していたんだから」

「まあ……そうなの」

父が死んでからの社交界のことはまったく判らない。自分の行方を捜していた人達がいたとは、考えもしなかった。

「クルーン子爵に訊いても、何も知らないって言うしね。爵位を継ぐってことは、一族の面倒を見る責任があるってことだ。それなのに、君達親子を放り出してしまうなんて……！　あいつは君のいとこなんだろう？」

「パーシーは私のいるところを知っていたはずよ。私達、母の兄のところにいたの。噂で聞いているかもしれないけど、あまりいい暮らしをしていなかったから、パーシーはそれを知られてはまずいと思ったのかもね」

コリンはセシリアに同情の目を向けた。

「君が結婚したことは聞いているよ。おめでとう。その……君が幸せならいいんだけど」

「悪魔伯爵と結婚したから？　でも、あんなのは悪意のある噂なのよ。ニコラスは優しい人なんだから。妹達にも持参金を用意してくれるって言ったわ」

ここぞとばかりに、セシリアは噂を否定した。それこそがここに来た目的のようなものだからだ。いっそ、この舞踏会にいる人達みんなに噂は嘘だと言って回りたいくらいだ。

「それならよかった。幼友達がつらい目に遭っていなくて」

「私も社交界にちゃんと話ができる人がいて、よかったわ。あ、でも……悪魔伯爵夫人の私なんかと話していて、あなたがお友達から変なふうに言われたりしないかしら」

それを聞いて、コリンは顔をしかめた。

「そんな奴は友達じゃないよ。おいで、セシリア。踊ろうよ」

コリンは幼友達の気楽さで、堅苦しい申し込みではなく、ダンスに誘ってくれた。セシリアは一瞬迷ったが、辺りを見回してみてもニコラスの姿はない。セシリアはにっこり笑って、コリンに手を預けた。

「ええ、踊りましょう」

次のワルツもニコラスと踊るはずだった。しかし、彼は今もアラベラと一緒にいるのだろうか。テラスで二人はなんの話をしているのだろう。いや、しているのは話ではなく、他のことかもしれない。

そんな考えが過ぎったが、セシリアは自分の注意をパートナーであるコリンに向ける。よく見れば、彼の顔には幼い頃の面影が残っていて、それだけで昔の楽しかった思い出が甦ってきた。

「ねえ、覚えてる？　ダンスごっこをしたのを」

「ああ、あれね。僕はみんなから足を踏まれまくって、しばらく腫《は》れていたんだよ」

ワルツの踊り方なんか、まったく知らなかった。だが、男女がくっついて踊るダンスがあることは聞いていて、手を取り合って好き勝手に踊った。男の子がコリンしかいなかった悲劇で、彼は犠牲になったのだ。

「大人になって、ダンスを覚えなくちゃいけないと気がついたとき、目の前が真っ暗になったよ。子供の頃、一生ワルツなんか踊らないと決心していたのに」

セシリアはおかしくて笑い声を上げた。

「でも、覚えたのね。すごく上手。私、子供の頃はあなたのことが大好きだったのよ。社交界にデビューしたら、一番初めにコリンに踊ってもらうと決めてたの」

「知ってたら、プロポーズしていたのに。君がこんなに綺麗になるとは思わなかった」

「お世辞も上手になって。あの頃、私のこと、変なあだ名で呼んでいたこともあったのに」

コリンは一瞬黙って、すぐに笑い出した。

「思い出した！　確か『泥《どろ》人形』だ。君は可愛い服を着てるのに、庭いじりが趣味だったから、いつもどこかに泥をつけてたんだ」

二人はくるくると回りながら、昔話に花を咲かせた。ワルツをしながらこれほど笑っているのもめずらしかったらしく、気がつけば注目の的だった。

曲が終わり、コリンはもったいぶったお辞儀をした。

「喉渇いたね。レモネードでも飲みにいこうか？　それとも、グランデル伯爵を捜しにいく？」

コリンの問いかけに答えようとしたところで、セシリアは後ろからぐいと肘を摑まれた。

「それはワルツを踊る前に訊いてほしかったな」

振り向くと、そこには冷ややかな表情のニコラスがいた。何かにひどく怒っているように見える。ワルツを踊る約束を反故《ほご》にしたから怒っているのだろうか。だが、曲が始まるとき、ニコラスはどこにもいなかった。少なくとも、セシリアの傍には。

「ニコラス、こちらは私の幼馴染でコリンというのよ。コリン・ウェントワース卿。ロンドンでは小さい頃からお隣同士だったの」

「私はグランデルだ」

紹介する隙《すき》も与えずに、ニコラスは自ら名乗った。彼の目はコリンを睨《にら》んでいるようにも見える。しかし、何故だろう。コリンも戸惑うようにセシリアに目を向けた後、ニコラスににこやかに手を出した。

「お目にかかれて光栄です」

ニコラスはコリンと握手を交わした。が、彼の硬い表情は変わらない。

「悪魔伯爵の顔を見られて光栄か」

ニコラスの嘲《あざけ》るような言葉に、セシリアは驚いた。コリンも目を見開いている。子供の頃と同じように接してくれたコリンの優しさが嬉しかっただけに、ニコラスがそんな礼儀知らずなことを言うのは悲しかった。そして、それ以上に恥ずかしかった。

「そんな言い方しないで。コリンはそんな噂を信じてないわ」

「それは悪かった」

一応、ニコラスは謝ったが、心のこもった言葉とはとても思えない。コリンは顔を強張らせながらも、セシリアには笑いかけた。

「セシリア、今日は会えて嬉しかった。リリーが帰ってきたら、手紙を出すように言っておくから、遊びにくるといい」

「ありがとう、コリン。今日は楽しかったわ」

コリンはニコラスにさっと会釈をして、人込みの中に消えていった。セシリアはニコラスに向き直った。

「どういうつもりなの？　私のお友達にどうしてあんな態度を取るのよ？」

「君とはずいぶんと仲のいい友達のようだな。まるで恋人同士のようにはしゃぎ回っていて、みっともなかった」

ニコラスはセシリアにも辛辣な言葉を刃のように向けてきた。確かに少しはしゃぎすぎたかもしれないが、みっともなかったとまで言わなくてもいいだろうと思う。セシリアにとっては、久しぶりに出会った幼友達なのだ。

「子供の頃の話をしていただけよ」

セシリアは自分達の言い争いに周囲が聞き耳を立てていることに気がついた。このままでは、また別の噂が生まれてしまう。なんとかしなければ。

苦肉の策で、セシリアはニコラスの腕に手をかけた。ニコラスの身体が一瞬、震えるように揺れた。

「ごめんなさい。喧嘩《けんか》なんかしていたら、私達の仲が悪いと思われてしまうわね」

「誰になんと思われてもいい。セシリア、もう帰るぞ」

丸く治めようとしているセシリアの努力を、ニコラスは踏み躙った。ニコラスはセシリアの手を掴むと、人をかき分けて舞踏室の出口へと向かっていく。

「待って！　ニコラス！」

だが、ニコラスはまったく聞いていなかった。何がそんなに彼を怒らせているのか判らない。よほど嫌なことがあったのだろうか。

　ニコラスはリンデン家の従僕に、馬車を玄関前に回すように言いつける。セシリアは玄関ホールでニコラスをなんとか説得しようとした。

「まだリンデン伯爵夫妻とゆっくり話をしていないわ。それに、今回は私達の結婚のお披露目を兼ねてということでご招待くださったのに、途中で帰るような無作法をしたら、よくないと思うの」

「お披露目だと？　セシリア、本当にリンデンがそういう気持ちでいたのなら、あの女を呼ぶような真似はしなかったはずだ」

　あの女というのがアラベラだと、セシリアにはすぐに判った。

「あいつは私を笑い者にする気だった。あの女と鉢合わせさせて、私が動揺するところを笑いたかったんだ」

　ニコラスは本気で怒っている。こんなニコラスをセシリアは初めて見た。こんなふうに心を乱すほど、ニコラスは彼女に今でも想いを寄せているのだろうか。ひょっとしたら、セシリアと結婚したこと自体を悔《く》いているのかもしれない。

「あなたは元婚約者と会って、動揺したの？」

ニコラスは目を見開いた。

「どうしてそれを知っている？」

「だって、私の近くでご本人がそれを大きな声でおっしゃっていたから。婚約破棄したときに、結婚してくれとあなたが泣いてすがったって」

「泣いてすがってなどいない。普通に結婚してくれと言っただけだ」

それでも、泣いてすがったように彼女には見えたのだろう。セシリアには、プロポーズさえしてくれなかった。結婚すると彼が勝手に決めただけだ。

「あなたの服からきつい香水の匂いがするわ。アラベラとキスでもしたの？」

「いや……していない」

私の目は見ないのね……。

セシリアの胸はズキズキと痛んだ。こんなふうに傷つけられるとは思わなかった。彼にはもう充分に傷つけられたと思ったのに、あれではまだ足りなかったのだ。

「セシリア……私は……」

彼が何か言いかけたとき、玄関のドアから戻ってきた従僕が声をかけてきた。

「グランデル伯爵、馬車のご用意ができました」

「ありがとう。リンデン伯爵夫妻に、私がダンスで足を痛めてしまって、ご挨拶もせずに帰ることをお詫びしていたと伝えていただけないかしら」

「承知致しました」

二人の諍《いさか》いは舞踏室の噂になっていることを考えると、白々しい嘘だったが、伝言しないよりマシだった。ここで黙って帰れば、再び社交界に復帰することは難しくなる。

セシリアはグランデル伯爵家の馬車に乗り込み、座席に座る。ニコラスも黙って、向かいの席に腰を下ろした。馬車はグランデル邸へとロンドンの街を走り出す。セシリアは窓からガス灯に照らされた夜の街へと目を向けた。

「ニコラス、あなたの言ったとおりね」

「なんのことだ？」

「夫婦の間には冷静さが必要だってこと。情熱はやがて薄れるもの。親密すぎるとよくなくて、お互いに距離を取りながら上手くやっていけばいいのね」

「セシリア……。今、それを持ち出さないでくれ」

ニコラスはセシリアの手に自分の手を重ねた。セシリアはそれに対して、なんの反応も返さなかった。

「アラベラがあなたの元婚約者で、昔、あなたはあの人をとても愛していた」

「違う。私が愛だと思っていたものは、愛ではなかった。彼女は愛していると言いながら、私に財産がないと判ったら、すぐに婚約を破棄した。彼女が愛していたのは財産だけだ。私じゃない。私もまた彼女を見誤り、愛していると思い込んでいた」

「今は彼女を愛してないって言うの？」

「当たり前だ。愛なんか信じない。そんなものはただの思い込みか単なる嘘だ。今夜、彼女は私を誘惑しようとした。まだ愛していると囁いてきて、キスをしてきた。だが、それも金のためだ。彼女は金のために平気で誰とでも寝る女だ」

彼は自分からキスをしたわけではないと言いたいのだろう。彼女に迫られたのだと。そうであっても、セシリアは他の女の唇がニコラスの唇に触れたと思うと、耐えられなかった。

「あなたは彼女と寝る約束をしなかったの？」

「するわけがない」

「思う存分抱いて、一ペニーも与えずに捨ててやれば、あなたの復讐は完璧じゃないの？七年前に自分を捨てた罰《ばつ》だと言って、嘲笑《あざわら》ってやればいい。どうしてそうしなかったの？」

ニコラスはセシリアがまさかそんなことを言い出すとは思っていなかったのだろう。驚いたように目を見開いていた。もちろん、セシリアだって本気で彼にそうしたらいいと勧めているわけではない。逆に、彼女には指一本も触れてほしくない。復讐なんてせずに、自分だけを見つめていてほしかった。

彼の口から掠《かす》れた声が聞こえてきた。

「私は……もう復讐をしたいとは思わなかった。あれほど憎んでいたが、今は……ただ哀れな女だと思うだけだ」

彼はアラベラを愛していないという。しかし、傷つけられ、その傷がまだ癒えていないのに、彼女への復讐を諦めた。ニコラスはやはり彼女を愛しているのではないかという疑惑が、セシリアには強く残った。

愛を否定するニコラスは、自分の本心に気づいていないのかもしれない。いずれにせよ、ニコラスはセシリアの夫だった。彼がどれほどアラベラを気の毒に思おうと、セシリアに縛りつけられているのだ。

私はニコラスにとって、なんなのだろう。アラベラに対するような強い気持ちを持ってもらいたいのに、彼の口から出てくる言葉は冷静だの距離を取るだの、つまらない言葉ばかりだった。

彼の心が欲しい。彼のすべてが欲しいのに。

愛してももらえない。憎んでももらえない。セシリアはニコラスにとって、妻という器に過ぎなかった。

「私はあなたを愛しているわ」

セシリアは苦しみをすべて吐き出すように言った。言わずにはいられなかった。それはセシリアの本当の気持ちだった。

「……そんなことは二度と言うな」

ニコラスは地の底を這うような低い声で、彼女の心を否定した。

「信じられないから?」

「そうだ。信じない。君がどう言おうと、二人の間に愛はない」

彼の側にはないのだろうが、セシリアの側にはある。彼女にはすでにそれが判っていた。

「それなら……冷静にならなければ。あなたは今夜、あの舞踏会を逃げ出したのよ。アラベラに会って動揺した。その動揺をコリンにも私にもぶつけた……」

「それは違う。君はあの男と親しくしすぎていた。妻が他の男と楽しそうにしているのを見て、夫がなんとも思わないと思ったのか?」

セシリアは眉をひそめた。彼の言うことは嫉妬のように聞こえる。しかし、そうではない。彼に嫉妬する理由がないのだ。愛がなければ、嫉妬など生まれるはずがなかった。

「人前で不埒な行動を取ったわけではないわ。ワルツを踊って話をしていただけ。どこが気に障《さわ》ったのか判らないけど、私だって友達と話す権利くらいあるでしょう? お互いに距離を取るのが、あなたのやり方なんだから」

「つまり、私がどんな女と寝ても構わないと言うのか?」

「そんなことは言ってないでしょう! 私はあなた以外の誰とも寝てないし、これからそうするつもりもまったくない。貞節は守るわ。それが結婚というもの……」

「結構だ!」

ニコラスはセシリアの手を引っ張ると、自分の腕の中に転がり込んできた彼女を抱き締め、乱暴に唇を奪った。揺れる馬車の中でキスをしたのは初めてだった。セシリアは強引なキスについうっとりとして、身を任せてしまいそうになる。彼の手が胸を包むように触れたところで、はっと気づいて身を引いた。

「やめて！　これじゃ冷静でもなんでもないじゃないの」

薄暗い馬車の中でも、ニコラスがとても怖い顔をして、睨みつけているのが判った。セシリアは思わず両腕で自分の身体を抱く。ショールを持ってくればよかった。自分の肌が露出しているのが、とても心細く思えた。

「冷静ならいいんだな？」

「そうよ……」

「君のその言葉、後悔させてやる」

セシリアは自分の身体を抱いたまま、身震いをした。


ニコラスはタウンハウスに帰るなり、明日、グランデル城に戻ると宣言した。アダムとサリーに荷造りをしておくように言うと、彼は書斎にこもる。セシリアは何か文句を言いたそうにしていたが、馬車での脅かしが効いたのか、何も口を開かなかった。ただ、非難するような彼女の眼差しだけが自分に突き刺さった。

自分はまたブランデーに逃げている。酔えば、嫌なことは多少忘れられる。本当はセシリアを抱き締めて、ベッドで好きなだけ一緒にいたいと思っている気持ちを、酒は抑えてくれる。

彼はランプの明かりを見つめながら、今日の舞踏会のことをぼんやりと考えていた。最初はよかったのだ。セシリアの今夜の装いを見たとき、あまりの美しさに感動したくらいだ。社交界にデビューしないままの彼女を自分の妻にできたことは、幸運だったに違いない。今更ながら、森の中で彼女を見つけた犬を褒《ほ》めてやりたいと思った。

ダンスのときも幸せだった。周囲がどれほど噂話をしようとも、自分にはセシリアがいると確かに思えた。夢のような舞踏会で、ニコラスはセシリアを見せびらかしながら、彼女を腕に抱いて踊った。

そして、ヘンリーが声をかけてきたときも、それほど悪い気はしなかった。まだ自分にもこうして声をかけてくれる人間がいたのかと思ったほどだ。だが、彼らはこの七年間、まったく手紙もよこさなかった。リンデン伯爵にしてもそうだ。自分の居場所はずっとグランデル城で、時々はロンドンにもいたのだ。訪ねてくれば、自分と会うのは容易《たやす》い。

七年の間、彼らは膨大な借金と悪い噂のあるニコラスとわざわざ親交を深めたいとは考えていなかった。ニコラスは借金を莫大な資産に変え、結婚もした。社交界にも顔を出そうとしている。つまり、彼らが付き合ってもいいレベルの人間に、自分がようやく到達したということなのだ。

それが判ったとき、ニコラスは昔の友人達と話すことに冷めてしまっていた。彼らは所詮、貴族だ。自分も貴族ではあるが、すでに考え方は実業家になっている。彼らが見下す階級の人間に真の成功者がいることを、彼らはまだ知らない。いや、気づこうとしない。視界に入れずに、昔どおりのやり方をしたいのだ。

だが、ニコラス自身も、以前は彼らと同じだった。貴族世界に首まで浸かり、楽しいことだけを享受して生きていた。父親と距離を置きながら、生活は父親に頼っていた。それが当然のことだと思っていたのだ。クラブで酒を飲み、賭け事をして、たまには喧嘩もする。愛人を持ち、やがて恋をして、結婚しようとしていた。

あの頃の自分は何も知らなかった。振り返ってみれば、七年前、自分の身に起こったことは、それほど悪いことではなかったと思う。父があのとき死ななければ、そして伯爵家が破産寸前になっていなければ、ニコラスはアラベラと結婚し、彼らと同じようなつまらない貴族でいただろう。そして、やがては財産を失い、惨めな一生を送ることになったかもしれない。

ニコラスは再会したアラベラのことを思い出した。歳は取ったが、今も美しく、色気のある女性となっていた。セシリアの指摘どおり、顔を合わせた途端、動揺したのは確かだ。

リンデンがまさか彼女も招待していたとは思わなかったからだ。恐らくリンデンだけでなく、昔のニコラスを知る他の人間も、あのときみんな自分に注目していたことだろう。見世物になっていると感じて、屈辱を覚えた。

アラベラは二人きりで話したいと言った。即座に断ろうかと思ったが、ふと彼女のやり口を観察してやろうという意地悪な気持ちになった。彼女の夫が借金塗《まみ》れになっていることは、すでに知っている。もしかしたら、自分を口説いてくるんじゃないかとも思った。しかし、予想どおりの成り行きに、彼女の厚顔さを改めて知った。

ニコラスはあれほど憎んでいた彼女に対する気持ちが冷めていくのを感じた。七年間、彼女が自分を裏切ったことを憎んで憎んで憎み続けていた。愛しているふりをしながら、彼女は爵位と財産しか頭になかったのだ。絶対に許すことはないと思っていたのに、その気持ちが彼女を前にして、どこかに消えてしまい、なんの感情も湧かなかった。強いて言えば、感じたのは憐れみくらいだ。アラベラは最初から価値のない女だったのだ。こんな女に七年も翻弄されていた自分が愚かに思えた。

彼女が『まだ愛している』と囁いてきて、キスをしてきたとき、強烈な嫌悪感を覚えた。彼女に触れたくない。キスされるのも嫌だった。まして欲望も覚えない。彼女はセシリアとは比べ物にならない女だった。

セシリアが言ったように、彼女を抱いてから金もやらずに侮辱して捨てるという復讐を、以前は頭に描いたこともあった。だが、そんなことはできなかった。欲望を感じない相手を抱けるはずもない。わざわざ復讐をするまでもなく、彼女は報いを受けているし、自分の気持ちも彼女を憎むことから離れてしまっていた。

彼女にキスをやめさせて、若くて美しい妻が待っているからと言ったとき、まさしくそうだと思った。自分にはセシリアがいる。若くて美しくて、気立てがよくて優しくて賢い素晴らしい妻が。アラベラはセシリアの悪口を言い立てたが、それを無視して、テラスから舞踏室に戻った。

妻を捜し当てたとき——彼女は見知らぬ男と笑いながら楽しそうに踊っていた。一緒に踊ると約束したワルツを。

胸に訳の判らない怒りが湧いてきた。それが嫉妬だと気がつき、余計に腹が立った。セシリアは何も浮気をしているわけではない。それなのに、彼女と踊っている男もリンデンが差し向けたような気がしてきて、居ても立ってもいられなかった。

激情に任せて、セシリアを舞踏会から連れ出した。セシリアは舞踏会から逃げたのだと非難してきた。確かにそうかもしれない。けれども、もう耐えられなかった。あれ以上、見世物にされ、悪意の視線に晒されることが我慢できなかった。それに、あのときはこんな上流社会とはこちらから縁を切ってやるという気持ちが強かった。

だが、冷静になって考えてみると、縁を切ってどうなるだろう。なんのために領地から出てきたのだ。すべては、セシリアとの生活を守るためだった。彼女に悪魔伯爵の妻だという汚名を着せたくなかったからだ。少しでも社交界に復帰して、有力な繋がりを持てれば、彼女への悪意は少なくなると思ったからだ。

それなのに、馬車の中であんなことになってしまった。セシリアをベッドに連れ込みたい。抱いて、彼女の気持ちを宥めたかった。何度もキスをして、許しを請いたかった。けれども、彼女は土壇場でニコラスを拒絶した。

領地を出てロンドンに向かったときには、こんな自分でも幸せになれるような気がしていた。セシリアが傍にいることがどれだけ力になっていただろう。しかし、舞踏会に出たとき、やはり社交界の人々は悪意の塊《かたまり》だと判った。そして、セシリアもそこから救ってくれはしない。

セシリアもあの幼友達と踊っていたほうが、自分と踊っていたときよりはるかに楽しそうだった。彼女は選択肢を奪われ、仕方なく悪魔伯爵の妻となったのだ。欲望に流され、自分に抱かれたかもしれないが、彼女は結婚する気はなかった。愛人にもならないと言い張っていた。あのときから、すでにセシリアはニコラスを拒絶していたのだ。

それでも、セシリアは彼との結婚生活をよくしようと考えていた。だから、なんとか自分との距離を縮めようとしていた。それをニコラスは自ら遠ざけ、挙句の果てに彼女を傷つけてしまった。

所詮、自分は幸せにはなれない。子供の頃からそう運命づけられていたのだ。温かい家庭など縁がない。生まれてからずっとそうだった。だが、自分が不幸になるのはよくても、セシリアを不幸にはしたくない。彼女をこれ以上、傷つけないように……そして、自分も傷つかないようにするには、できるだけ近づかないことだ。

ニコラスは彼女のベッドに入る資格がない。一人でブランデーを飲むのが似合いだと思った。

ロンドンに着いて数日。セシリアはこんなに早く領地に戻るときがくるとは思わなかった。もちろん、そんなに長い間、留守にするつもりはニコラスもなかっただろう。とはいえ、リンデン伯爵夫妻の舞踏会の後、社交界への復帰の足がかりとして、何人かを訪問する予定だった。

たとえば、カサンドラ叔母、クルーン子爵。ニコラスの親戚と昔の友人達。決して会いたいわけではなかったが、いずれはどこかで会うことになるだろうし、避けては通れないと判っていたからだ。

けれども、ニコラスはすぐにロンドンを発つと決めていて、セシリアはそれに意見を差し挟めなかった。横暴な夫であるかのように、ニコラスは振る舞っているからだ。もちろん妻を殴《なぐ》るような真似はしない。しかし、むっつりと黙っていて、笑顔も見せなかった。

同じ馬車でグランデル城へ戻るときも、彼はずっとそんな調子だった。ロンドンでの数日間はあっという間に終わった。初めての舞踏会に胸をときめかせ、二人でワルツの練習をしたのも、すべて夢の中の出来事のようだった。何もかも過ぎ去り、セシリアには何も残されていなかった。

グランデル城での暮らしが嫌なわけではない。セシリアは空気の綺麗な田舎が好きだったし、ニコラスが傍にいるのなら、どんなところでも好きになれると思っていた。だが、こんな陰鬱《いんうつ》とした馬車の中は嫌になってくる。

セシリアは窓から流れていく景色を眺めながら、アラベラのことを思い出していた。アラベラは意地の悪い女性で、ニコラスにはふさわしくなかった。それなのに、ニコラスはアラベラにまだ何か得体の知れない感情を抱いているようだ。それが愛でないと言い張っているのは、ニコラスだけではないだろうか。

セシリアは彼に愛される価値もないのか。どれだけ彼に近づこうとしても追い払われてしまう。彼は今や完全にセシリアを無視している。こちらを見ようともしない。無論、話しかけもしなかった。

こんなことは耐えられない！

セシリアの胸の傷は血を流し続けている。グランデル城を出るときは、二人きりでいられることが嬉しくて仕方がなかったのに、今はそうではなかった。これが彼の言う『結婚生活』なのだろうか。アラベラに対する気持ちの欠片でも、こちらに向けてほしかった。せめて、無関心を決め込むのはやめてほしい。自分のほうを見てほしい。

昨夜、キスを拒絶したのがいけなかったのか。けれども、あのとき、セシリアは欲望に流されるわけにはいかなかった。それで有耶無耶《うやむや》にしてしまっても、何も解決しないと思ったからだ。しかし、解決どころか、もう何もかも破綻《はたん》寸前となっている。

ニコラスはこれからどうするのだろう。セシリアとの結婚生活をどうしようと考えているのだろう。

セシリアには何も判らなかった。

夜遅くに、グランデル城に着いた。ニコラスの指示により、二人はそれぞれの部屋で軽い夕食を取り、眠りにつく。サリーもニコラスとセシリアの仲がよくないことに感づいているだろう。すぐにグランデル城の使用人全員に知れ渡ってしまう。けれども、セシリアにはどうすることもできなかった。もう彼に近づくこともできない。

このまま私はここで淋しく惨めな一生を送ることになるのかしら……。

ニコラスがそうしようと思えば、それは簡単なことだった。セシリアのようにうるさい妻を城においたまま、何も言わずに受け入れてくれる優しい愛人を作ればいいのだ。だが、それがニコラスの幸せだとは思わない。ニコラスはもっと幸せになれる方法があるのを知らないのだ。セシリアが育った家庭はまさしく幸せに満ち溢れていた。ただ、父親が資産の管理ができなかったことだけが運命の分かれ道だったが。

ニコラスは愛の存在も認めない。愛しているという言葉は、彼には届かなかった。セシリアは寝室で横になりながら、ニコラスが気持ちを変えてベッドを訪れるのを待っていた。

けれども、朝が来ても、セシリアは一人のままだった。

侘《わ》びしい気持ちを抱えながら、セシリアはサリーを呼んで身支度を整え、朝食室へ下りていった。朝食室ではレジーナが一人で食事をしていた。

「おはよう、レジーナ」

なるべく明るい顔をしてみせたのだが、レジーナはわずかに微笑を返しただけだった。

「おはよう、お姉様。昨夜遅くに帰っていらしたのね。少し前にお義兄様がここでお食事をしていらしたのよ。なんだかむっつりされていて……。何かあったの？」

セシリアは早速、胸が痛くなってきた。セシリアには好きなだけ無言を貫けばいいが、妹達を巻き込まないでほしかった。レジーナもジョージアナもまだ子供なのだから。姉夫婦のことで余計な心配をかけたくない。

「きっと悪い夢でも見たのよ。……伯爵様は書斎で仕事をなさっているのかしら？」

セシリアはレジーナの隣の席に座り、従僕にニコラスの居場所を尋ねた。

「朝食の後、すぐに領地の視察へと出かけられました。夕食前には帰るとのことです」

夕食は共にする気があるということだ。とはいえ、何も喋らないニコラスを前にしてセシリアはどうすればいいのだろう。今度は頭が痛くなってきた。気分も悪い。

「お姉様、顔色があまりよくないわ」

「疲れているのよ」

「ロンドンではもっとゆっくりしてくるのだと思っていたわ。舞踏会で何かあったの？」

レジーナは鋭く突っ込んでくる。あまり彼女に心配させたくないのだが、ある程度、気づいているようだし、差し支えないところだけ説明しておこう。そうでなければ、何も判らず、気だけ揉むことになってしまう。

「舞踏会では嫌な噂をしている人達がいたわ。悪魔伯爵のことや……私が結婚前にまともなドレスを一着も持っていなかったことも、わざと私に聞こえるように言うの。ニコラスの昔の婚約者もいたわ。みんながじろじろ見ていて、息が詰まりそうだった。でも、ニコラスとワルツを踊ったときは素晴らしかったわ。あんなこと初めて。あのときは、とっても幸せだって思ったの」

レジーナはセシリアの腕にそっと手を置いた。レジーナらしい控えめなやり方で慰めてくれようとしているのが判って、セシリアはとても嬉しかった。

「お姉様はお義兄様のことを愛しているものね」

妹にさえ判ることがニコラスには判らない。信じようとしないのだ。思わず涙ぐみそうになったが、我慢した。妹にこれ以上の心配をかけたくない。

「そういえば、舞踏会でコリンに会ったのよ。覚えてる？　コリン・ウェントワースよ」

レジーナは首をかしげていたが、すぐに思い出して顔をしかめた。

「お隣のコリンね。私は大っ嫌いだったわ」

彼女が他人のことを大嫌いと表現するのを初めて聞いたような気がする。伯父のことも、そこまでは言わなかった。

「確かに彼は私達のお茶会をいつも邪魔していたけど、あれは男の子だったからよ」

「私は三つ編みを引っ張られていたの。お姉様は口うるさかったし、ジョージーは小さかったから、私は格好の標的だったのよ」

レジーナは子供のときから大人しく、いつも本を読んでいた。実際、レジーナがそんな被害を受けていたとは、セシリアはまったく気づかなかった。レジーナはきっと誰にも言わなかったに違いない。

「でも、今は立派な紳士よ。あなたも会えば、彼に対する感想が変わるわ」

「会う機会なんてあるのかしら……」

セシリアにはあるとは言えなかった。今のニコラスは二度と社交界には顔を出したくないと思っているだろう。とはいえ、レジーナやジョージアナを社交界にデビューさせるという夢は捨てられない。立派な夫を見つけて、彼女達が生涯、苦労することがないように過ごさせてあげたい。もちろん愛がない結婚はさせないつもりだ。愛し愛されて、幸せな結婚をしてもらいたかった。

「ニコラスが舞踏会に出なくても、私が付き添い役になればいいのよ。あなたは何も心配しなくていいの。私がなんとかするから」

「お姉様……私が心配しているのは自分のことではないの。お姉様に幸せになってもらいたい。それだけよ」

レジーナはなんていい子なのだろう。セシリアは胸が一杯になりながら、目頭を熱くした。たとえニコラスとの仲がこのままでも、自分には妹達がいる。彼女達が結婚したとしても、姉妹の絆は永遠だった。

「朝食が済んだら、お祖母様のお部屋へ行きましょう。ジョージアナもそろそろ起きてくる頃かしらね」

セシリアはわざと元気に振る舞って、レジーナに笑いかけた。妹は自分が守る。ニコラスの手は借りない。そう決心した。

それから、一週間ほどが過ぎた。あれからセシリアは一度もニコラスとまともに話をしていない。ニコラスのほうが避けているからだ。

書斎に行っても、仕事が忙しいと追い返される。夕食の席では妹達もいるから、当たり障りのない話題しか出せない。寝室にはやってこない。朝は早くから乗馬に出かけてしまう。これではとても夫婦とは呼べない。同居している他人のようなものだ。セシリアは使用人に逆戻りしたような気分になっていた。

できることなら、馬に乗って、早朝の爽やかな空気の中、ニコラスを追いかけていきたかった。そんな時間なら、ニコラスもちゃんと話してくれるような気がしたからだ。しかし、今のセシリアには乗馬できない理由があった。

月のものが遅れている。はっきりとは言えないが、子供ができたのではないかと思う。朝は気分が悪いし、朝食はほとんど食べられない。吐き気がある様子は見せないようにしているから、誰も気づいてないだろうが、もしニコラスと普通の夫婦生活をしていたなら、彼が気づいたかもしれない。

セシリアはニコラスにはまだ告げていなかった。はっきりと言えない時期であることもあるが、それ以上に、ここで子供ができたら、ますます自分は用済みとなってしまうからだ。もし男の子だったなら、後継ぎも生まれて、セシリアとベッドを共にする理由もなくなる。見捨てられて、惨めな一生を送る覚悟はまだできていなかった。

セシリアは暗くなる気分を変えようと、マギーの部屋を訪れた。マギーはレジーナやジョージアナと過ごすことが多くなり、初めて会ったときよりずっと若返って見えた。そして、元気そうでもあった。目はほとんど見えないというが、微笑みを絶やさないようになり、セシリアは彼女に会うと、ほっとする。

「お祖母様、何か本を読みましょうか」

マギーはにっこり笑って、手招きをした。セシリアはマギーの椅子の傍に腰かけ、彼女の手に触れた。皺《しわ》だらけだが、温かい手だ。

「セシリア、近頃、元気がないのね」

自分の様子は見えていないのに、やはりそんなふうに感じ取られてしまうものなのだろうか。頑張って明るく振る舞っていても、すぐに見抜かれるものなのかもしれない。

「ニコラスは全然、私のところには来ないのよ」

「仕事が忙しいんでしょう。製鉄所を視察したり、取引に出向いたり……いろいろ」

ロンドンから帰ったあの日から急に忙しくなったように思えるが、それは口に出さない。セシリアは自分が避けられていることは知っていたが、それをマギーには知られたくなかった。

打ち捨てられた妻はどういう態度を取ればいいのだろう。何事もなかったように振る舞うのが、一番正しいような気がした。

マギーはしばし無言だったが、やがて傍にいた侍女に席を外すように求めた。侍女はお辞儀をして、部屋を出ていく。マギーは何かプライベートなことを話そうとしている。セシリアはそれを避けたい気持ちで一杯だったが、彼女の想いを踏み躙りたくない気持ちもあった。

「セシリア……。あなたがニコラスと上手くいってないのは判っているのよ」

「ええ……。でも、私がいけないいんです」

マギーはセシリアの手を両手で包み込んで、ゆっくりと首を横に振った。

「あなたのせいじゃないの。元はといえば、あの子の母親のせいだから」

「ニコラスの……お母様？」

もう二十年以上も前に亡くなった彼の母親のことが、どう関係しているのだろう。セシリアはマギーの次の言葉を待った。

「私の娘……メラニーには結婚前に恋人がいたの。決して裕福ではないけど、メラニーを大事にすると約束してくれていた。ところが、メラニーは領主の伯爵に見初められた……」

それは前伯爵のことで、ニコラスの父親だ。そういえば、ニコラスは自分の母親について、金のために恋人を捨てて、伯爵に身を売った女だと悪し様に罵っていた。それが本当のことかどうかはともかくとして、少なくともニコラスはそう思い込んでいるということだ。

「あの頃、うちはとても貧しかったの。病気で働けなくなっていたあの子の父親が、伯爵がくれるという支度金が欲しくて、恋人と別れさせたのよ。メラニーには妹も弟もたくさんいたわ。私はメラニーに好きな人と幸せになってもらいたかったけど……家族のために、どうしてもお金が必要だった。だから、メラニーは最後には納得して、伯爵に嫁いだの。けれども、それが……不幸の始まりだったのよ」

セシリアはメラニーの気持ちが判るような気がした。金のためにというより、家族のために伯爵と結婚したのだ。そうしなければならなかった。メラニーは決して金のために恋人を裏切ったわけでも、身を売ったわけでもない。

「結婚した後、メラニーは彼女なりに努力はしたのよ。だって、彼女は伯爵夫人にふさわしいマナーも何も知らなかった。必死でそれを身につけて、伯爵に恥をかかせないように勉強したわ。だけど、伯爵はメラニーに恋人がいたことを知ってしまった。財産が欲しくて、恋人を捨ててまで自分と結婚したんだろうと責め続けた。メラニーのことを、美しいだけで下賤な女だと言って軽蔑したわ。浮気を繰り返されて、ある日、彼女は致命的な喧嘩をしてしまった」

セシリアは身震いをした。彼女の脳裏にメラニーが塔から転落するところが浮かんでしまう。

「塔に監禁されたのね……」

「そう。監禁されてしばらくは、私に手紙を送ってくれていたの。伯爵に監禁されたと聞いて、どれだけ心配したか判らない。けれども、私にはどうすることもできなくて。城を訪ねても追い返されるだけだった。そして……娘は墜落《ついらく》死したの」

今度はセシリアがマギーの手を握る番だった。彼女の手はブルブルと震えていた。その頃のことを思い出したに違いない。セシリアも想像するだけで胸が痛む。

自分とメラニーの立場はあまりに似ている。もちろん全部が同じではなかった。ニコラスはセシリアを金で買ったも同然だったし、セシリアもまた妹達のことやいろんな事情を考えて結婚を決めた。恋人はいないが、幼友達と踊っただけで激怒された。

このまま仲違いしていたら、ニコラスは自分を捨てて、父親のように浮気を繰り返すかもしれない。そうなったら、セシリアは耐えられない。どうにもならないと判っていても、恐らくニコラスを非難するだろう。

私も塔に監禁されてしまうのかしら……。そして……。

自分が塔から転落するイメージが頭に広がった。

「ニコラスは優しい子よ。あの子は一人で何度も家に遊びにきてくれたし、私が目が見えなくなってすぐに、この城に連れてきてくれた。だけど、メラニーと父親がいつも喧嘩をしていたのを幼いときに見ていたから、あの子の心の奥底に結婚生活や家族というものに何か絶望のようなものがあるんじゃないかしら」

「絶望……」

ニコラスがそんなものを心に抱えているとは思わなかった。しかし、あれほど必死に愛を否定するのは、アラベラだけの問題ではなかったかもしれない。彼の家庭には憎しみが存在していた。そんな中、母親は謎の死を遂げたのだ。しかも、父親は冷たかったと聞いた。彼の心はどれだけ破壊されただろう。

「ニコラスの心を溶かすのは並大抵のことじゃないと思うわ。でも、それができるのは、あなただけ……」

マギーは見えない目をセシリアに向けてきた。彼女の目に涙が光っているのが見えて、セシリアははっとした。

「ニコラスを救ってあげて。あの子に温かい家庭を味わわせてあげて」

本当に自分にそれができるのだろうか。自信はまったくない。しかし、なんとかしなくてはならない。ニコラスが殻に閉じこもるのなら、セシリアが引っ張り出さなくてはいけなかった。

ニコラスのために。自分のために。そして、これから生まれてくる子供のために。

夜になり、セシリアはニコラスが寝室に引き上げるのを待った。彼の部屋はセシリアの化粧室の向こうにあり、二つの扉を開ければ自由に行き来できる。セシリアは今まで自分から彼の部屋を訪れたことはなかった。新婚の頃はニコラスが頻繁《ひんぱん》にセシリアの部屋を訪れていたが、ロンドンから戻ってきてから、彼はまったくこちらには来なくなっていた。まるでセシリアに興味を失くしたかのように、接触を絶っている。しかし、急に欲望が消えるわけもないので、恐らく彼はセシリアをわざと遠ざけているだけなのだと思う。

彼が折れようとしないのなら、セシリアが折れなくてはいけない。このままでいいとは、彼も考えていないはずだ。まだ手遅れではないはず。セシリアはそう考えて、化粧室から彼の部屋へと向かった。

セシリアの部屋もそうだが、ニコラスの部屋は居間と寝室に分かれている。化粧室を開けると、そこは居間となっていて、白いローンのシャツをはだけた状態のニコラスがソファで寛いで本を読んでいた。顔を上げた彼からは、ブランデーの匂いがした。

「何か用かな？」

ニコラスはわざとらしくセシリアの全身を上から下までじろじろ見る。セシリアは白いナイトドレス一枚しか着ていなかった。薄い生地で、ガウンを上に着なければ、身体が透けて見えるようなものだ。首から足首まで隠しているのに、心もとなくなってくる。

セシリアは身体を隠したくなったが、ニコラスの前で隠しても仕方がない。それどころか、こんなもので彼が誘惑できるならいいと思った。

「あなたに話があって来たの。そちらに座っていいかしら」

ニコラスは肩をすくめて、座りなおして本を閉じた。

「どうぞ、マダム」

セシリアは彼の隣に腰かけた。もっと近くに寄り添いたかったが、拒絶されそうな雰囲気が漂っていて、どうしてもできない。セシリアは惨めさに涙が出そうだった。新婚の夫に、どうしてここまで警戒されて、遠ざけられなければならないのだろう。

「ニコラス、あなたは私を避けているわね」

遠回しの会話などしても意味はない。セシリアは単刀直入に尋ねた。

「避けてないなんて言わないでね。ロンドンから帰ってきて、あなたは一度も私と二人きりにはならなかった」

ニコラスは溜息をつくと、じろりとセシリアを見た。

「そのとおりだ。君が望むように、冷静で距離を置いた関係になろうと努めてきただけだ」

「それはあなたが望んだ関係よ。間違えないで」

「いや、違う。君も望んだんだ。馬車の中でキスをしたとき、君はそう言って、私を拒絶した」

あれが二人を決定的に破滅させた瞬間だったのだろうか。だが、その前からすでに綻びは見えていた。セシリアは一人でその綻びをなんとか繕《つくろ》おうとしていたが、今はニコラスの協力がなければ無理だと判っている。一人でどんなに頑張っても駄目なのだ。結婚生活は一人きりで営むものではないから。

「あのとき、私は冷静に話し合いたかったのよ。キスでごまかされたくなかった。それに……馬車の中では嫌だったの」

「いくら私でも馬車の中で君を抱こうとは思っていなかった」

「でも、怖かったのよ！　あなたはあのとき後悔させてやると言ったわね？　それが今の生活なの？　冷静になるって、こういうことなの？」

「いや……。あのとき考えていたのは、まったく別のことだった」

ニコラスは低い声で答えた。セシリアはあのときの恐怖が甦《よみがえ》ってきて、背筋が寒くなってくる。別のこととは一体なんだろう。その答えを訊くべきだと判っているのに、尋ねる勇気が持てなかった。

「教えてやろう、セシリア」

ニコラスが立ち上がり、セシリアに手を差し出した。その手を取ってはいけないと思いながらも、セシリアはふらふらと取ってしまった。久しぶりに彼に触れるのだ。どんなに喧嘩していたとしても、セシリアは彼のことが好きだった。触れたいと思わないはずがない。

ニコラスはセシリアを自分の寝室に連れていった。初めて彼に抱かれた夜を思い出し、セシリアはほんの少し切なくなった。あのとき、彼はとても優しかった。セシリアと結婚しようとも思っていなかったくせに、信じられないくらい大事にしてくれた。

今のニコラスもあの夜と同じくらいに労わりの気持ちを持ってくれればいいのに。

セシリアは彼に子供のことを言おうかどうか迷った。けれども、まだはっきりと判っていない。それに、ニコラスがセシリアとどんなふうに結婚生活を続けようと考えているのか、それが判るまでは言えなかった。どんなことがあっても、この子が私の子であることは変わらない。しかし、ニコラスがちゃんとした父親になる気がないのなら、この子のために最善のことをしようと思っていた。

ニコラスはセシリアをベッドに導き、ナイトドレスを脱がせた。彼が優しいときには気にならなかった視線も、今は肌に突き刺さるような気がする。身を守るものが何もなくて、心細かった。

ニコラスは衣装棚のところへ行き、真っ白のクラヴァットを手にして戻ってきた。そして、それでセシリアの手を身体の前で縛る。

「嫌だわ。こんなの……やめて」

「君は目新しい方法のときはいつもやめてと言う。けれども、すぐにこれも好きになる」

本当だろうか。手を縛られて自由を奪われた。今のニコラスの瞳には温かみがない。その冷たい眼差しを見ていると、不安でならなかった。

一体、何をされてしまうのだろう。普通に抱かれるだけならいいが、心が傷つけられてしまいそうで怖かった。

そもそも、ここへは話をしにきたはずだった。どうしてベッドの上で裸になっているのだろう。ニコラスに誘われたからだが、セシリアは唇を噛んだ。これでうやむやにはされたくない。それでも、彼に抱かれたい気持ちはある。身体を合わせれば、大概のことは許せてしまうからだ。

「どうするの……？」

膝をついた状態のセシリアの身体を、ニコラスは無言でベッドの上に倒して、四つん這いにさせた。そして、足を大きく開く。後ろからは大事な部分が隠せなかった。

「ニコラス……！」

「今更、恥ずかしがらなくてもいい。君の身体のどんなところも全部、私は見ている」

「それは……そうだけどっ」

改めてニコラスに言われなくても判っているが、こんな格好はやはり恥ずかしすぎる。セシリアは縛られた両腕の中に顔を突っ伏して頬を染めた。

「心配ない。私は冷静だ」

凍るような冷たい声が聞こえて、セシリアはゾッとした。ベッドにいるのに、冷静だなんて、どうかしている。ここは冷静でいてはいけない場所だ。夫婦二人でいるのに、情熱的にならなくてどうするのだろう。

ニコラスは後ろから花弁に触れた。彼はシャツもズボンもまだ身につけている。彼は無防備になるのを避けることが多い。セシリアだけをこんな格好にして、抵抗できないように縛り上げているのに、自分は安全なところにいるのだ。

冷たい指でゆっくりと焦らすように撫でられる。最初は緊張や恐怖からなかなか濡れなかった。だが、何度も指がそこを往復すると、次第に自分の中が熱く潤《うる》んできたのが判った。

「蜜が溢れてきた。嫌がっていても、愛撫されたら君は悦ぶんだ」

そのとおりかもしれないが、それを指摘しないでほしかった。ニコラスに優しさがあるのなら、今の状況でそんなことは言えないだろう。セシリアは自分の気持ちが傷つけられていくのを感じた。

指が挿入されて、静かに内部を探っていく。彼は本当に冷静なのかもしれない。身体を弄《いじ》られ、セシリアも感じているのに、ニコラスのほうは息も乱さず、ただ彼女を愛撫している。

「これだけじゃ、淫乱《いんらん》な君は物足りないだろう？」

ニコラスは不意に前のほうを探ってきて、小さな花芯を指で撫でた。

「ああっ……」

セシリアの身体が震えだす。過剰な刺激を受け、どうしたらいいのか判らなくなる。手は使えない。自分ではどうすることもできなかった。

「好きなだけ感じればいい」

　それもまた突き放したような冷たい言葉だった。ニコラスはこれほど冷たくなれるのだと思うと、胸が痛くなる。けれども、敏感な部分を嬲られていると、身体のほうは熱く燃え上がってきて、どうにもならない。きっと彼はセシリアの痴態《ちたい》を見て、嘲っているに違いない。こんなに静かで熱情が感じられない行為は初めてだった。

　私ばっかり感じさせられて……。

　ニコラスの手は温かい。態度や声はとても冷たいのに。それがあまりにも対照的に思えた。できれば、こんなニコラスの愛撫に感じたくないのだ。相手が気のない素振りをしているのに、自分だけ行為に夢中になるなんて惨め過ぎる。

　けれども、もうやめてとは言えない。言ったところで、やめてくれるとは思わない。ニコラスはセシリアを支配できることを示したいだけだ。セシリアが自分の思うとおりになることを望んでいる。どんなことをされても文句を言わずに、ただ彼の意見を受け入れるだけの存在になれと無言の圧迫をしていた。

　セシリアにはそれがとても悲しかった。それこそ、情事の相手と後継ぎを産む道具としての価値しかないということなのだ。ニコラスはセシリアにそれを求めているだけ。他の役割は求めていない。口出しはしてもらいたくないし、そもそも口を開かせたくない。つまり、そういうことなのだろう。

それが判っていても、セシリアは彼の手の動きに身体を震わせ、ベッドの上で腰をくねらせた。さぞかし、みっともない格好だろう。ニコラスはこんな自分のことを笑っているに違いない。それとも、冷たい眼差しで見つめているだけなのだろうか。

「あっ……あっ……あん……」

二本の指が深く内部を抉っていく。けれども、そんなものではすぐに物足りなくなってくる。セシリアは腰を振って、指をもっと奥まで取り込もうとしていた。内部と同時に突起も弄られていて、セシリアは熱い吐息を洩らした。

「ニコラス……ああっ……ニコラス！」

セシリアは彼の名を呼んだ。指だけでは足りない。もっと熱くて確かなもので貫かれたい。

「私が欲しいか？」

「欲しいわ……。あなたが……欲しいのっ」

セシリアはほとんど叫ぶようにして、彼を求めた。

指を引き抜かれ、衣擦れの音が聞こえる。彼が着ているものを脱いでいるのだ。それはせめてもの慰めだった。冷たい仕打ちを受けても、お互いに全裸なら対等の立場に近い。たとえ、セシリアの腕の拘束《こうそく》が解かれなくても。

ニコラスは後ろからセシリアの腰を引き寄せ、優しい言葉もなく貫いてきた。

「ああ……手を……これを解いてっ」

「まだ駄目だ」

セシリアの身体は後ろから突かれて、なすすべもなく揺れていた。上半身を両腕で支えているとはいえ、その両手首にはクラヴァットが巻かれている。拘束されている事実が目の前にあって、精神的にとてもつらい。

突然、身体と同様に揺れていた両方の乳房を摑まれた。硬く尖った先端を指で撫でられて、セシリアは快感に呻く。自分のこんな反応が恨《うら》めしい。これほど屈辱的なことをされているのに、ほんの少し刺激を加えられるだけで淫らな声を出してしまう。

繋がっている部分だけでなく、自分はニコラスに全身を侵されているという気がした。身体中、どこもかしこもすべてニコラスのもので、彼の思うとおりに動かされている。セシリアは自分の意志が奪われたように思えた。

突然、目が壊れたかのように涙が次々と流れ出す。

私は彼に何もかも奪われてしまった……。

自分の尊厳《そんげん》も、この身体も。意志も心も。どんなに刃向かおうとも、自分はニコラスのものでしかない。私は私じゃない。

胸から腹へと撫でられ、更に強く感じる突起を探られた。そこを指で押し潰すように刺激され、セシリアは叫び声を上げた。

「いやあぁぁっ……」

ほんの一瞬の痛みだったが、心臓がドクドクと激しく打っている。あまりに恐ろしかった。彼がセシリアを肉体的に傷つけようと思えば、簡単なことなのだと思い知らされた。

今の今まで、精神的に傷つけられても、肉体的に傷つけられることはないと思い込んでいた。そんな非道な人間ではないし、残虐《ざんぎやく》な人間でもないと。けれども、彼は悪魔伯爵と呼ばれていた。

彼が父親を殺したとは思わない。しかし、彼の父親はどうだろう。その血を受け継いだニコラスは……。

背中に口づけられる。今さっきのことを謝るように優しく唇を這わせられた。けれども、彼は何も言わない。セシリアは一方でそのキスで心を慰められ、もう一方ではとても許せないと思っていた。

やがて、再び彼はセシリアの柔毛に触れてきた。また痛い思いをさせられるのかと身体が強張ったが、今度は柔らかなタッチでそっと触れてくる。そのうちに、セシリアの身体は気持ちとは関係なく、また熱く潤ってきた。

「あっ……ん……」

何度も奥まで突かれ、同時に小さな花芯を愛撫されていく。セシリアはとうとう我慢できなくなってきて、内部から巻き起こる嵐《あらし》に身を任せ、自分を手放した。ニコラスはぐっと腰を両手で抱えて、己のものを奥まで押し当て、内部で弾ける。セシリアは両腕の中に突っ伏して、息を整えた。

ニコラスが身体の中から出ていくと、セシリアはベッドに崩れるようにして身を横たえた。クラヴァットは解かれたが、身体を起こす気にはなれなかった。

結婚してから、これほどつらかった時間は初めてだった。情事の相手とは、一方的なものなのだろうか。ニコラスが満足すれば、それでいいのか。セシリアの心はもうボロボロだった。ニコラスがこういう道を進むのなら、二人の結婚生活は暗闇の中にしかないということだ。

ニコラスが化粧室からタオルを濡らして持ってきた。それでセシリアの身体を拭いてくれるものの、セシリアは何も言うべき言葉が見つからなかった。

「セシリア……」

ニコラスがやっとセシリアの涙に気がついた。驚いたように頬に触れてくる。

「涙くらいで驚くこともないでしょう?」

セシリアは手で涙を拭い、身体を起こすとナイトドレスを着た。ニコラスはズボンだけを身につけている。セシリアは彼の裸の上半身から目を逸らし、言葉を探した。

「……あなたはこれからどうするの？　私達の生活はずっとこうなの?」

「これでは不満か?」

ニコラスはセシリアのおとがいに手をかけて、目を合わせた。彼のコバルトブルーの瞳がセシリアの気持ちを読み取ろうとしている。

「あなたは私の身体を抱いて、私が子供を産めばそれでいいと思っている。それがあなたの結婚観よ。あなたは愛なんて必要じゃないと言ったわね？」

ニコラスは鋭い目つきで頷いた。

「子供にも愛が必要じゃないと思うの？」

一瞬、ニコラスがはっきりと判るほどたじろいだ。だが、すぐに元の表情を取り戻す。

「子供は可愛がる。当然だろう？」

「でも、それをあなたは愛とは呼ばない。きっと子供との間にも距離を置こうとするでしょうね。あなたはいつも冷静でなければならないから。愛に裏切られることに耐えられないから」

「何が言いたいんだ？」

ニコラスは明らかに不快な表情となっていた。セシリアに責められるのが嫌なのだ。セシリアが彼の言うとおり、自分のやり方を受け入れないのが許せないのだろう。

「私はあなたを愛しているわ」

「そんなことは聞きたくない！」

ニコラスの言葉は激しかったが、セシリアはそれを無視して、勝手に話を続けた。

「いつからそういう気持ちになったのか、自分でもよく判らないの。でも、あなたの考えがはっきり判った今でも、あなたと一緒にいたいと思っている。何かあったら助けてあげたいし、あなたを傷つけるものから守ってあげたいって……」

これほど絶望していても、まだ結婚生活を続けていきたいとも思っている。時が解決するかどうかは判らないが、生まれた子供の顔を見れば、彼も変わるかもしれない。愛情なんて信じられないと思っている彼を、いずれは変えられるかもしれなかった。

「私は君にそんなことをしてもらいたいとは考えていない」

「私もあなたに愛してほしいとは一度も言わなかった。私がどう思うかは、私の勝手だわ。あなたをいとおしく思う気持ちは私だけのもの。あなたに邪魔する権利はないのよ」

ニコラスはセシリアが言うことを聞かないのが腹立たしいようだった。冷ややかな表情で、こちらをじっと睨みつけてくる。

「君が報われない気持ちを持つのは、確かに君の勝手だ。しかし、それが君の本音とは思わない」

「……どういう意味？　私の本音って？」

「私を繋ぎ止めておけば、君は伯爵家の財産を自由にできるからな」

ニコラスは嘲るように笑った。

セシリアにしてみれば、どうして彼がそんな考えに飛びつくのか判らなかった。愛していると言われることが、それほど負担なのだろうか。愛されていると素直に受け入れることが、彼にはまったくできなくなっているのだ。

一体、誰が彼をこんなふうにしたの……？

セシリアは悲しく思った。彼の両親とアラベラ。そして、破産寸前になったときに背を向けた友人や親戚。そんなところだろう。だから、セシリアがどれほど愛していると言ったところで、ニコラスは信じないし、逆に疑うようになってしまっているのだ。

愛しているとは決して言ってはいけなかったのね。本当に愛していても、口に出してはいけなかったのだわ。

セシリアは自分のやり方が間違っていたことが判った。だが、他にどうすればいいのだろう。長い時間をかけて、彼の心を溶かすしか方法はないのだろうか。もし、その間に他の人間に裏切られたとしたら、彼はますます殻《から》に閉じこもり、誰も信じられなくなってしまうかもしれない。

セシリアは心に絶望が忍び寄るのを感じた。

「どうだ、反論はしないのか？」

そう尋ねられて、セシリアは彼が反論されたがっていることに気がついた。セシリアの心にわずかな希望が生まれる。彼は本心からセシリアの気持ちを信じていないわけではないのだ。

「私が望んでいるのは、穏やかで温かい家庭だけよ。毎日、同じベッドで眠って、キスで優しく起こしてくれる夫と、可愛い子供達。財産がなくて苦しい思いをしたくないのは当たり前よ。私だって、それでひどい目に遭ってきた。でも、私は別に贅沢《ぜいたく》をしたいとは思わない。ただ、幸せになりたいだけなのに……あなたは幸せにはなりたくないの？」

セシリアは懸命に訴えかけたが、彼の心にはまだ響いていないようだった。再び、セシリアは悲しみに包まれた。何を言っても、受け入れてもらえない。彼は本気でセシリアの言葉を聞いてはいないのだ。

「今の生活だって、幸せだと思えば幸せなんだ」

「そう……」

私はそうは思わない、という言葉を、セシリアは呑み込んだ。いつまで経っても、平行線のままだった。

「じゃあ、あなたはこのままの生活がいいのね？」

「そうだ。君を避けていたことは謝る。仕事以外では……たとえば一緒に乗馬をしてもいい。君のベッドを毎晩訪れてもいいんだ」

セシリアは今さっきの行為を思い出して、あんな抱かれ方をするのは嫌だと思った。しかし、ここで嫌だと言えば、話はこじれるばかりだ。ニコラスはセシリアに欲望を感じているのは確かなのに、それを自分から失わせるのはあまりに愚かだった。

「判ったわ。でも、せめて同じベッドで寝てほしいの」

小さな願いだった。それくらいはいいだろうと思ったのに、ニコラスは露骨に嫌な顔をした。

「どうして嫌なの？　私、寝相は悪くないわよ」

「寝ているときには無防備になる。そこまで君に気を許すつもりはない」

セシリアはその一言に頭を殴られたような衝撃を受けた。彼はセシリアから自分を守っているのだ。傷つけられないようにと。

セシリアは彼を守ってあげたいと思っていた。誰かから傷つけられたら、癒してあげたいとも考えていた。

それなのに……。

彼はセシリアを恐れていた。自分が彼女に傷つけられるかもしれないと思っていたのだ。

唇が震えた。微笑もうとしたが、それは無理だった。代わりに、涙が零《こぼ》れ落ちてきて、止まらなくなっていた。

「セシリア……」

ニコラスが戸惑うような表情をして、セシリアに手を伸ばしてきた。セシリアはその手を激しく打ち払う。

「触らないで！」

セシリアは何度も彼に傷つけられてきた。それでも耐えていたのに、もう今はどうしても耐えられない気持ちになってしまっている。

神様は残酷だった。初めて愛した人から、こんな仕打ちを受けるなんて。こんなことなら、愛さなければよかった。愛して裏切られるくらいなら、最初から愛さなければいい。

セシリアはベッドから下り、呆然としているニコラスを見つめた。

彼を愛してはいけない。決して信じてはいけない。自分の心を守るためには、そうするしかない。

そう思ったとき、セシリアは彼を救うことはできないのだと判ってしまった。このまま、二人は身体を重ねるだけの生活をする。温かい感情など生まれない。二人で寄り添う幸せも得られない。

「そんなの……耐えられない！」

セシリアはそう叫ぶと、急いで自分の部屋に戻った。寝室に閉じこもり、鍵をかける。ベッドで激しく泣いたが、ニコラスがやってくる様子もない。

馬鹿みたい。鍵までかけたのに。

私がこれほど泣いていても、彼にはなんの関係もないことなのだ。セシリアはただ泣き続けていた。

朝になった。ほとんど寝られなかったセシリアは、旅行鞄を引っ張り出して、荷物を詰め始めた。

もう、ここにはいられなかった。彼が自分から身を守ろうとしている。それを知っていて、ベッドを共にすることはできない。彼の傍にいることが負担となるなら、自分がいる意味がない。

「どうなさったんですか、奥様」

身支度のためにサリーを呼ぶと、彼女は驚いて部屋を見回した。旅行鞄の中に上手く詰められずに、いろんなものが散乱している。

「ロンドンに行くの。一人で荷造りをしていたけど、私は不器用みたいね。後で手伝ってくれる？」

「承知しました。でも、ずいぶん急なんですね。伯爵様が決められたのですか？」

「いいえ。決めたのも行くのも私一人よ。……できれば、あなたにはついてきてほしいけど」

「まさかと思いますけど……また家出ですか？」

セシリアには家出の前科がある。あのときも、サリーを巻き込んだのだ。彼女が警戒するような表情を浮かべるのは当然だった。

「家出じゃないわ。別居よ！」

「別居……。あの……伯爵様には内緒で？」

「まだ言ってないの。でも、馬車は使わせてもらうつもりだから、内緒は無理でしょうね。あの人がどこかに馬で出かけてくれればいいのに」

ニコラスがセシリアを避けているうちに出ていけばよかった。けれども、あのときはまだセシリアは彼との仲を修復しようと考えていたのだ。だが、今は諦めている。少なくとも、セシリアから彼に働きかけることはない。

恐らく子供はできていると思うが、この子供をニコラスの手に委ねるつもりはない。彼は子供を可愛がるだけで、愛して育てようなどとは思っていないのだから。ニコラスと冷静に距離を置かれた子供は、きっと誰も愛せない子供になる。そんな不幸を自分の子供に味わわせたくなかった。

「伯爵様はお許しにならないのでは？」

「私は出ていくの。彼に本当に止める気があるなら、考えてもいいわ」

彼は力ずくで止めようとするだろうか。けれども、そんなことをしたら、ますます二人の仲は悪くなるだけだ。セシリアを止められるのは、彼が心を開いたときだけなのだ。それ以外にはない。

「とにかく……朝食を取って、ゆっくり考えてみてください。どうしてもとおっしゃるなら、荷造りはしますし、私もついていきますから」

　サリーは及び腰ではあるが、ついてくる気はあるようだ。セシリアは頷いて、サリーに着替えを手伝ってもらい、髪を綺麗な形に仕上げてもらった。

　階段を下り、朝食室に足を踏み入れると、そこではレジーナとジョージアナが食事を取っていた。

「お姉様！　どうかなさったの？」

　レジーナはセシリアに挨拶《あいさつ》をしようと目を上げて、驚いていた。セシリアの目が腫《は》れていたからだろう。

「なんでもないわ。ところで、あなた達もロンドンに行きたい？」

　それを聞いたジョージアナが歓声を上げた。

「行きたい！　連れていってくれるの？」

　レジーナは戸惑ったような顔をして、席に着くセシリアに小声で尋ねた。

「ちょっと待って、お姉様。またロンドンに行くの？　帰ってきたばかりで？　お義兄様はなんておっしゃっているの？」

　彼女はセシリアとニコラスが早々に領地に戻ってきた経緯を知っているだけに、何かおかしいと思ったようだ。

「サリーと二人で行くつもりだったけど、あなた達を残して行けないわ。だって、ニコラスとは血が繋がってないんですもの」

「二人！　お姉様、それはまた……」

「家出じゃないわ。別居するつもりよ。私、ニコラスとはもう一緒にいられない。あなた達がここにいたいなら、止めないわ。ニコラスも追い出さないと思うし」

「お姉様、結婚してまだ二カ月も経ってないのよ。喧嘩したとしても、別居するのは早すぎると思うわ。せめて、もう少し話し合ったら？」

レジーナはセシリアを静かに諭した。彼女の意見が正しいことは、セシリアも判っている。けれども、我慢しても同じなのだ。

「もう充分、話し合ったと思うわ。あなたは私が衝動的すぎると思うかもしれないけど、これでもいろいろ悩んできたのよ」

「衝動的とは思わないわよ。お姉様はいつもギリギリまで我慢するほうだから。逆に自分を抑えすぎるから、我慢できないと思ったときが怖いのよね」

妹にそんなふうに思われていたとは知らなかった。セシリアはレジーナによく窘められることがあって、その度に、自分の衝動的な性格を反省していたのだが。

「でも、よく考えて。お姉様の一生が台無しになることだってあるのよ。それに、お義兄様は別居することを絶対に反対なさると思うわ」

「反対するかもしれないわね。でも、私は行くの。レジーはどうするの？」

レジーナは溜息をついた。セシリアの決意が固いことを悟ったのだろう。

「私は残るわ。お姉様がいつでもここに戻ってこられるように。お姉様が淋しければ、ジョージアナを連れていって。私はお祖母様に毎日ご本を読んでさしあげる約束をしているの。お姉様だって、お祖母様をまた一人にはしたくないでしょう?」

「そうね……。あなたがいてくれると、安心だわ」

レジーナは上手くやってくれるだろう。セシリアより四つも年下なのに、いつも落ち着いていて、大人びている。精神的にはセシリアより大人かもしれないと思うときがあるくらいだ。

「ねえ、セシリアお姉様! ロンドンって動物園があったわよねえ!」

こそこそと話している二人に焦れたように、ジョージアナが元気に声をかけてきた。もうすでにロンドンに思いを馳せているらしい。

「ジョージー、お勉強もしなければならないのよ。それから、刺繍はどこまで進んだの? ピアノの練習は上手くいってるのかしら」

たちまちジョージアナは黙った。


ニコラスは朝の乗馬から戻ってきて、書斎で仕事をしていた。

昨夜のセシリアの涙のことがずっと頭に残っていて、ほとんど眠れなかった。彼女があれほど激しく泣いたところを見たことはない。彼女の寝室に慰めにいこうかと思ったくらいだが、拒絶されるような気がしてできなかった。そのため、今もまだ彼女のことばかりを考えてしまっている。

彼女を傷つけたことは判っている。己を守ろうとして、相手を傷つけてしまった。しかし、彼女もまたニコラスが築いた壁を壊そうとしてはいけなかったのだ。ニコラスはなるべく穏便に結婚生活を送りたかったのに、こうなってしまったのは、セシリアのせいだとも言える。

ロンドンに行かなければよかった。社交界に復帰しようと思わなければよかった。閉めておけばよかったパンドラの箱を開けてしまったから、こうなってしまったのだ。

ニコラスは苛々して、持っていたペンを壁に投げつけたくなった。しかし、壁に突き刺さったペンを想像すると、そんな馬鹿馬鹿しいことはできないと思う。とりあえず、捨てても構わない紙を丸めて、壁に投げてみた。

そのとき、ノックの音がして、ドアが開いた。入ってきたのはセシリアだった。

彼女はロンドンに行ったときに着ていた旅行用のドレスを着ていて、ブーツを履き、手にはボンネットを持っていた。目元が腫れているのが痛々しくて、ニコラスはそっと目を逸らした。

「どこかに出かけるつもりか?」

「ええ。四輪馬車を貸していただけないかしら」

「もちろん、君はいつでも乗っていいんだ。馬丁に用意させようか? 今日は天気がいいから、村に行くのなら二輪馬車でもいいだろう」

「いいえ。行くのはロンドンですから」

ニコラスは聞き違いかと思って、目を上げた。セシリアは口元を引き結び、ニコラスをじっと見つめている。緑の瞳が頑固そうに輝いていた。

「ロンドンだって……?」

「私はロンドンで暮らすことにしました。サリーとジョージアナを連れていきます。レジーナはここに残るそうだから、よろしかったら面倒を見てくださらないかしら」

「何を言ってるんだ。君はロンドンで暮らさない。ここで暮らすんだ。君がロンドンに行くときは、私が連れていく。一人で行くなんて絶対に許さない」

ニコラスは高圧的な言い方をした。なんのためにロンドンに行くつもりか知らないが、妻が夫の許可もなしに勝手に出ていこうとするなんて、こんな恥晒しなことはない。

「あなたはここで暮らして、私はロンドンで暮らすのよ。ここまで距離を置けば、満足でしょう?」

つまり、別居しようと言っているのか。ニコラスは驚いて、立ち上がった。そして、セシリアに近づいて見下ろす。セシリアはニコラスの気迫に負けまいと、精一杯、胸を張ってこちらを睨みつけていた。

「セシリア、私は言ったはずだな? 私が結婚生活で君に求めるのは、情事の相手をすること。後継ぎを産むこと。そんなに遠い距離を置いて、どうやってその務めを果たすつもりだ?」

セシリアはさっと顔を赤らめた。

「後継ぎは……産むわ。ロンドンで」

ニコラスは一瞬、何を言われたのか判らなかった。

彼女のお腹には子供がいるということだ!

自分の初めての子供だ。まさか、こんなに早くできるとは思わなかった。ニコラスは舞い上がるような気持ちが抑えきれなかった。セシリアを抱き締めて、くるくる回りたいくらい嬉しかった。

「セシリア! 子供ができたんだな!」

ニコラスは彼女の頬に優しく触れた。しかし、その手はたちまち彼女によって打ち払われた。

「私に触らないでと言ったはずよ!」

セシリアは本気だった。本気でニコラスを遠ざけようとしていた。近寄ってももらいいたくない。触れられたくもないのだ。

だが、そんなことは許さない。セシリアは自分の妻だ。そして、彼女のお腹の中にいるのは、自分の子供だ。彼女を抱く権利があるし、その子供を抱き上げる権利もある。

「子供がいるなら、ここで産んでもらう。当然だ。後継ぎだとしたら尚更だ。よそには絶対にやらない。さっさと部屋に行って、安静にしていろ。医者を呼ぶから」

「お医者様にはロンドンで見てもらうわ」

「ロンドンには行かせない。馬車の用意なんてさせないからな」

「それなら乗合馬車で行くわ。その気になれば、私はなんでもできるのよ。では、閣下。ごきげんよう」

セシリアは事もなげに言うと、さっさと書斎を出ていこうとする。ニコラスは彼女の腕を摑んで、自分のほうに引き寄せた。セシリアが怒りに燃えた瞳で睨んでくる。しかし、ニコラスのほうがよほど腹を立てていた。

彼女は私から去っていこうとしている。この私を捨てていこうとしている。

駄目だ。……駄目だ。許さない。

ニコラスは自分が感じているのは、正確には怒りではなく、恐怖だということが判っていた。セシリアを愛したくないのに、愛してしまった。彼女を手放したくない。この手を放したら、彼女は逃げてしまう。それは裏切られるよりつらかった。

「絶対に君を行かせない。どんな手を使ってでも」

「私を閉じ込めておくことはできないわ。……それとも、監禁するの？　お父様と同じように」

ニコラスはその瞬間、母を監禁した父親の気持ちが判った。彼は混乱していた。父親のようになりたくないとずっと思っていたのに、今は父親と同じことがしたかった。閉じ込めて、彼女を自分だけのものにすればいいという悪魔の囁きが聞こえるようだった。

彼女の腕を掴む手が震えている。罪もない女性を監禁するなんて、とんでもないことだ。しかも、自分の愛する女性をそんな目に遭わせるのか。しかし、このまま彼女を自由にしたら、二度とここへは戻ってこない。

「痛いわ……。手を放して」

ニコラスは手を放した。しかし、そうする代わりに、彼女の身体を自分の肩に担ぎ上げた。ニコラスは彼女のお尻と太腿をしっかりと押さえる。

「ニコラス！　下ろして！」

悲鳴と共に、セシリアはバタバタと両足を動かした。彼女が持っていたボンネットが絨毯の上に落ちた。

「動くと、落とすことになる。じっとしていろ」

さすがのセシリアも動く代わりに、ニコラスの身体にしがみついてきた。だが、口のほうは閉じていなかった。

「あなた、私を閉じ込めるつもりね？　後悔するわよ！　絶対、後悔させてやる！」

ニコラスは書斎を出て、使用人があっけに取られた顔をしている中、自分に対する恨みを吐き出している妻を担いで堂々と階段を上り、塔へと続く廊下を歩いていった。使用人達は噂をするだろう。その噂はたちまち領地に広がり、いつの間にかロンドンにも広がっているに違いない。

悪魔伯爵が若妻を塔に監禁したと。

彼女を殺したことになるのも時間の問題だった。しかし、それでもニコラスはセシリアを出ていかせるつもりはなかった。

ニコラスは塔の中の階段を更に上り、扉を蹴って開いた。改装はしていなかったが、掃除はさせていた。だから、埃が溜まっているわけでもなく、鼠がうろうろしていることもない。ただ、家具に白い布をかぶせてあるだけだった。

彼は静かにセシリアの足を床に下ろした。セシリアは部屋の中を見回す。

「ここが……お母様が監禁されていた部屋なの？」

「そうだ。窓には鉄格子をつけたから、誤って転落することはない」

ここの窓は広すぎたのだ。ニコラスはそう思っている。父親が殺したとも、母親が自殺したとも考えていない。いや、真実は闇《やみ》の中だが、そう信じたからこそ、改装はしないまでも鉄格子をつけたのだ。まさか、自分の妻を監禁することになろうとは思わずに。

「後で必要なものを持ってくる。しばらく頭を冷やしていろ」

セシリアはもう何も言わなかった。あれだけ肩に担がれていた間には罵詈雑言《ばりぞうごん》を口にしていたのに、今は静かにしている。それが不気味であり、ニコラスは怖かった。

彼女は何を考えているのだろう。こんな場所に閉じ込められるというのに、セシリアはただ惹きつけられたように窓の向こうを見つめている。

母の幽霊でもいるのだろうか……。

そんな考えがふとニコラスの頭に過ぎる。しかし、それを振り切って、部屋を出ていき、扉を閉めた。そして、鍵穴に差し込んだままになっていた鍵を震える手で回し、引き抜いた。


書斎に戻っても、まだ手が震えている。

ニコラスはブランデーのデカンターに手を伸ばしかけたが、やめた。妻を監禁しているのに、酒を飲んで忘れようなんて卑怯者のすることだ。監禁すること自体が、卑怯者のすることかもしれないが、ニコラスはどうしても彼女を手放したくなかった。これは正しいことなのだ。何も一生あそこから出さないというわけではない。彼女が出ていかないと約束してくれたら、それでいい。

ニコラスは懸命に自分を正当化しようとした。だが、手の震えは収まらない。罪悪感があるからだ。胸が苦しくて、どうにかなりそうだった。自分はどこかで道を間違えた。しかし、どこで間違えたのか、自分でも判らない。

セシリアと結婚しようと決めたときか。それとも、彼女を愛人にしようと思ったときか。もしくは、彼女と出会ったときなのか。

彼女はニコラスの人生に突如として現れ、すべてをかき乱した。それを愛しく思う反面、彼女と出会わなければよかったと思う気持ちもある。こんな苦しい思いをするくらいなら、彼女を知らないままでよかった。

だが、もう会ってしまった。どれだけ抵抗しても愛してしまった。彼女からは逃れられない。

ニコラスは再びブランデーに手を出しかけた。だが、そのときノックの音が聞こえて、扉が開いた。そこにはレジーナがいた。悲壮な顔をしていて、両手をきつく握っている。

「その顔はセシリアの居場所を知っているな？」

「はい……。あの騒ぎでしたから」

レジーナは言いたいことがあるようだったが、なかなか言い出せないようだった。ニコラスは彼女を書斎から追い払うこともできたが、そうするにはレジーナの瞳はあまりにもセシリアに似すぎていた。

「夫は妻を自由にできる。出ていこうとする妻を閉じ込めるのは正しい行為だ」

レジーナは決心したように顔を上げた。

「そうは思いません。話し合えばよかったんです」

「彼女は話し合う気がなかった。出ていくの一点張りだった」

「それは、お義兄様が出ていかせないの一点張りだったからでしょう」

二人の言い争いを聞いていたかのようなレジーナの断定ぶりに、ニコラスは驚いた。しかし、確かに彼女の言うとおりだった。ニコラスは頭に血が上っていて、自分の気持ちを押しつけて、命令しただけだったのだ。

「私がいくら説得しようとしても無駄でした。お姉様を思い留まらせることができるのは、お義兄様だけです。本当はお義兄様に止めてほしかったんですよ」

「まさか……！」

あの強情ぶりを思い出すと、セシリアがそんなふうに考えていたようには思えなかった。

「本当です。だって、お義兄様に止められるのは判っていたはずだから。本気で出ていく気なら、誰にも気づかれないように早朝に出ていったはずです。鞄ひとつを持って」

ニコラスは最初に彼女と会ったときのことを思い出した。彼女は伯父に連れ戻されるのを恐れていて、乗合馬車の宿に行くと言い張っていたのだ。

「セシリアのお腹に赤ん坊がいるとさっき聞いた……」

レジーナはにっこり笑った。

「ほら、やっぱり！　止めてほしくないなら、わざわざ教えないと思います。お義兄様だって、子供ができて嬉しいでしょう？」

「もちろんだ。しかし、セシリアは私が止めると怒り出した」

「それはお姉様が望んでいるものを、お義兄様が差し出さないからです」

ニコラスは首をかしげた。レジーナは説得の仕方が悪いと責めているのだろうか。

「セシリアが……望むもの？」

「お姉様が何を望んでいるのか、本当に判らないんですか？」

レジーナの瞳にまっすぐ見つめられ、ニコラスは一瞬、言葉が出てこなかった。

セシリアが望んでいるものは、穏やかで温かい家庭だ。自分を愛してくれる優しい夫と可愛い子供達が欲しいのだ。

子供達……。

今まで見えてこなかったものが、一気に見えてきたような気がした。目の前の覆いが取れて、晴れやかな風景が浮かぶ。燦々《さんさん》と日差しが降り注ぐ中、セシリアが小さな子供を連れて、緑の芝生の上を歩くところが見える。彼女が笑顔で子供を抱き上げる。ニコラスは彼女の傍に行きたくてたまらなかった。彼女を抱き締め、子供の柔らかい頬にキスをしたい。二人とも、自分が愛している存在で、とても大切だからだ。

ニコラスがセシリアを愛すればいいだけなのだ。そうすれば、すべてが手に入る。セシリアの望みは、ニコラスの望みでもあった。ただ、今まで気づかなかっただけだ。愛することを恐れ、傷つけられることを恐れていた。だが、彼女はアラベラとはまるで違う。そんなことは最初から判っていたのに、見えないふりをしていた。

彼女を愛したい。心から愛したい。彼女を監禁するなんて、無理やり結婚させようとしていた彼女の横暴な伯父と変わらない。自分は彼女をどれだけ傷つけただろう。本当は距離を置きたくはなかった。ベッドで一緒に眠りたいのも自分のほうだった。

自分は果たして彼女の愛を取り戻せるだろうか。彼女は本当に自分を見限ってしまってないだろうか。

それは判らない。ただ、ニコラスは彼女に愛を告げなくてはならない。それが何よりも必要なことだった。

セシリアは窓辺の椅子から白い布を取り去って、そこに腰かけていた。鉄格子のはまった窓から外を見る。ニコラスの母親がここで同じように座って、外を見ていたかと思うと、自分と彼女がいろんな意味で重なっているようだった。

うか。だとしたら、彼女は自殺したとも考えられる。
ここで彼女は何を考えていたのだろう。今の自分と同じように絶望を抱えていたのだろ

ニコラスが本当に自分をここに閉じ込めるとは思わなかった。そもそも、あれほど高圧的な態度で出ていかせないと言い張るとも思っていなかった。セシリアの中では、少なくとも昨夜のことは謝ってくれると思っていた。謝られて気が済むわけではないが、彼がもう少し優しくなれそうだったら、出ていくのをやめるつもりだった。もし彼が諦めて素直に出ていかせるようだったら、それはそれでセシリアはショックを受けていたに違いない。

セシリアは自分のお腹に手を当てた。まだ確かなものは感じられない。けれども、たぶん子供はいる。生まれるのは来年になってからだろうか。冬生まれの赤ん坊のためには何が必要なのか、マギーに聞いてみよう。もし、ここから生きて出られたらの話だが。

まさか、ニコラスもここでセシリアを飢《う》え死にさせるつもりはないだろう。何しろ、こっちには彼の後継ぎという人質がいる。食事だけは間違いなく与えられる。不安はあるが、セシリアは一人ではなかった。

足音が聞こえ、鍵を回す音がした。ドアが開いて、ニコラスが神妙な顔つきで入ってきた。

「何を持ってきてくださったのかしら」

セシリアがそう言ったのは、ニコラスが後で必要なものを持ってくると言っていたから

だ。だが、その手には何もない。だとしたら、なんの用だろう。

「君に話がある……」

ニコラスの顔からさっきまでの怒りはすっかり消えている。セシリアは嫌な予感がして、話を止めたくなった。彼には諦めてほしくない。セシリアに、ここにいてほしいと思っていてほしい。

彼の眼差しが狼狽したセシリアの顔に注がれる。

「君が本当に出ていきたいなら、もう無理には止めない。ロンドンでもいいし、他にも領地はある。君の好きなところにどこでも送っていってやろう」

セシリアは目を閉じ、唇を噛み締めた。心が絶望に黒く覆われていく。セシリアはそっと息を吐いた。

「それがあなたの答えなのね……」

お腹に子供がいても同じことだった。あれほど激怒して、ここに連れてきたのに、今になってすべてを放棄しようとしている。

夫であること。父親であること。

それほどまでに愛を信じられないのだろうか。セシリアを愛する気にはなれないのだろうか。きっと、あれこれとうるさい自分には愛想が尽きたのかもしれない。

身体だけなら、相手は誰でもいいだろう。彼はセシリアを遠くに追いやり、愛人を作るのだ。金だけもらえば、何も文句を言わない愛人を。

それを許せないとは、自分にはもう言う資格がない。自分から出ていくと言い出したのだ。その申し出をニコラスは親切にも受け入れてくれようとしている。セシリアとはこれ以上、結婚生活を続ける気はないということだ。

胸が痛い。苦しい。涙が込み上げてくる。

こんなに愛しているのに……！

セシリアの愛は宙に浮いて、今や打ち捨てられようとしていた。

こんな結末は望んでいなかった。どうして出ていくなどと言ったのだろう。本当はニコラスと離れたくない。いつまでも傍にいたい。彼が必要とする助けをいつでも与えてあげたい。彼を守りたいのに……。

すべてが叶わなかった。

とうとう、彼に信じさせることができなかった。

この世に愛はあることを。愛に満ちた生活が存在することも。

ニコラスは更に話を続ける。

「こんなところに君を閉じ込めて悪かった。乱暴な真似をしたことも……君に自分の意見を押しつけようとしたことも……。昨夜のこともすまなかった」

もはや彼の言葉はセシリアの中を素通りしていく。謝ってもらっても仕方がない。彼がすべてを諦めたのなら、もう自分には何も残されていない。

セシリアは震える手を自分の胸に押し当てた。泣いてしまいそうだったが、ここで泣きたくはない。涙で彼の気持ちを本当の意味で翻せるわけではないからだ。

セシリアは必死で涙を呑み込んだ。

「いいの、もう。あなたは私のことなんて必要じゃないんだから……」

「違う。そうじゃない」

「だって、どこにでも送っていくって言ったわ」

「本当に出ていきたいのなら、という話だ」

セシリアは目を開けて、改めて彼の顔を見つめた。彼は緊張した面持ちで、こちらに近づいてくる。

心臓が期待するように高鳴る。けれども、もし彼がそういうつもりではなかったとしたら……？

期待しすぎてはいけない。彼はセシリアを愛していないのだから。

ニコラスはセシリアの前に跪いて、彼女の手を取った。

「セシリア……。行かないでくれ」

絞り出すような声に、セシリアは胸を打たれる。ニコラスは彼女の手に自分の額を擦りつけた。まるで、懇願《こんがん》するかのように。

「そして……私を救ってくれ。この地獄から」

セシリアは思わず彼の手を握り締めた。

『この地獄』がどの地獄なのか、セシリアには判っている。

そう。彼はずっと地獄にいた。喧嘩ばかりの家庭。母を亡くし、冷たい父親しかいない。爵位を継いだ後の破産寸前の苦しみ。人は去り、婚約者は裏切り、独りぼっちで彼は地獄をさ迷っていた。彼のことを救おうと手を伸ばしても、はねつけられる。血を流し、苦しんでいるのに、本人は自分が地獄をさ迷っていることすら知らなかったのだ。そして、そこが自分の安全な場所だと思い込んでいた。

彼はやっと判ったんだわ。今、自分がいる場所が。

セシリアに救ってくれと頼んできた。彼はとうとうセシリアの愛を信じる気になったのだ。

もう、それだけでいい。それだけで、彼のために生きていける。

胸が熱くなり、頬に涙が流れた。

「救うわ。私の命のある限り何度でも。……ルシファー伯爵」

「セシリア……！」

ニコラスはセシリアの手を握ったまま、彼女を立ち上がらせた。そして、そっと頬を包み、唇を重ねてきた。しっとりした唇がセシリアの唇を包み、ゆっくりと舌を差し込んで

くる。

眩暈がする。幸せすぎて、気持ちがふわふわとしている。

ニコラスは唇を離して、セシリアにそっと囁いた。

「愛してる……」

セシリアは驚いて、ニコラスの目を見つめた。彼のコバルトブルーの瞳は優しさに包まれていて、キラキラと輝いて見えた。

「ニコラス、本当に？」

自分が聞いた言葉が信じられなかった。まさかニコラスが愛の告白をしてくれるなんて、夢にも思わなかった。ずっと欲しかった言葉だが、あまりに深く絶望していたから、彼の口から聞ける日が来るとは考えてもいなかったのだ。

ニコラスは微笑んで頷いた。

「愛している、セシリア。心から君を愛している。私の命の続く限り永遠に」

「ああ……ニコラス！」

セシリアは彼の首に腕を回して、自分から口づけをした。胸が喜びでいっぱいになって、どうやって表現していいか判らないくらいだった。

「私も……私も愛しているわ」

「君と一緒に幸せになりたい。君がいて……子供がいて……それが頭に浮かんだ。私は君を抱き寄せて、子供にキスをするんだ」

「素敵ね。でも、私もキスしてほしいわ」

ニコラスは明るく笑うと、もう一度、彼女にキスをした。セシリアは彼の背中に手を回して、そのキスを存分に味わった。

こんなに幸せになれるなんて……。

夢のようだ。嬉しすぎて、セシリアは自分が白昼夢でも見ているんじゃないかとまで思ってしまった。

唇を離すと、ニコラスは彼女の鼻の頭にキスをする。

「何度もキスをしていると、我慢できなくなる。私達の部屋に行かないか？」

「私達の部屋？」

「私の部屋だったところだ。毎晩、一緒に寝て、朝はキスで優しく起こしてくれる夫がお望みなんだろう？」

セシリアは嬉しくて、もう一度おまけにキスをした。


寝室はすでに掃除をされ、ベッドメイクも終わっていた。夜でもないのにこの綺麗なベッドを乱そうというのだから、悪魔伯爵は確かに不届き者ではあるかもしれない。

ニコラスは鍵をかけ、セシリアに笑みを見せる。さっきから彼はずっと笑ってばかりだった。だが、それはセシリアも同じだった。嬉しくてならない。笑みが抑えられないのだ。この調子では、夕食までにいつもの顔を取り戻すことは不可能だろう。しかし、家族にも使用人にも、二人が大喧嘩したことは知られているのだ。逆に仲のいいところを見せたほうが安心するに決まっている。

「さっき、すれ違ったミセス・サットンは首をかしげていたわね」

「仲直りがあまりに早いから、驚いたんだろう」

「きっと今頃、また噂になってるわよ」

セシリアはニコラスとベッドに転がりながら笑った。

「いくらだって噂をすればいい。少なくとも、私は妻を殺さなかった」

セシリアはふと真顔になった。あの部屋に閉じ込められたとき、セシリアはメラニーと自分を重ね合わせていたのだ。

「ねえ、お母様は本当はどうして亡くなってしまったの？　あなたは何も知らないの？」

ニコラスはセシリアの頬を指で撫でた。なんと答えようかと、考えている顔だった。

「事故か自殺か、本当のところは判らない。殺人でないことは確かだ。父は日記にいろいろ書き残していた。母は……どうやら結婚前に恋人に身体を許していたらしいんだ。でも、父から結婚を申し込まれたとき、処女じゃないとは誰にも言えなかっただろうと思う」

「それは……そうだわ。言うべきだったかもしれないけど……」

マギーの話では、そのことは出てこなかった。マギーも知らないことだったのかもしれない。

「花嫁が処女じゃなかったことを知った父は激怒した。母は貧しい平民だったことで周囲に蔑まれ、生活にもなかなか馴染めなかった。そんな母を父はすぐに疎ましく思うようになってきた」

「そんな……！　ひどいわ！」

「父も社交界の噂に苦しめられたんだ。もちろん母もだが。父は自分で選んだ花嫁が周囲に蔑まれている状況を受け入れられなかった。そして、決定的だったのは……母が結婚してすぐに妊娠したことだ」

ニコラスは苦しげな表情になった。だが、セシリアには何故、彼がそんな顔をしたのかが判らなかった。

「そのときの子供って、あなたのことよね？　すぐに妊娠したなら、嬉しいことでしょう？」

「父は嬉しがらなかった。花嫁は処女じゃなかったんだ。自分の子かどうか判らないと思うだろう？」

セシリアは絶句した。そんなことは考えたこともなかった。

「母は父の子だと言っていたそうだが、父は死ぬまで疑っていた。生まれた子は父には似ていなかったんだ」

「だから、お父様は冷たかったのね……」

「父は愛人を作り、賭け事をして遊び惚《ほう》ける。母とは喧嘩ばかりだった。母が塔に閉じ込められたのは……母が家を出ると言ったからなんだ」

セシリアははっとして、ニコラスの顔を見た。ニコラスは頷いて、セシリアの身体をそっと抱き寄せた。彼の身体の温もりに、セシリアは安心感を覚える。途中までは悲惨な物語をなぞったものの、結末は変わったのだ。

「母は窓から落ちて死んだ。父は母が死んでから後悔し、愛していることに気がついたんだ。だが、何もかももう遅すぎる。その怒りは私に向けられた」

「どうしてっ？　後悔したなら、お母様の産んだ子供が自分の子供だと信じるべきよ！」

セシリアには彼の父親の理屈がさっぱり理解できなかった。

「葬儀のとき、父は言ったよ。『おまえが生まれなければよかったんだ』と……」

セシリアは思わず彼の背中に手を回して、懸命に撫でた。彼が父親にそう言われたとき、たった七歳だったということだ。そんなことを面と向かって幼い子供に言う親がいるなんて、とても信じられなかった。

「父はそれから賭け事にのめりこみ、借金を作って、酒を飲んで身体を壊した。父は自殺だったが、結果的には父も母も私が殺したようなものかもしれない。悪魔伯爵の噂を聞く度に、ある意味、それが真実だとずっと思っていた」

「そんなことないわ！」

セシリアは彼の髪を撫でた。子供のときに、そんな傷を負っていたなんて思わなかった。彼は父親から愛されない子供だったのだ。愛してほしいと努力していたときもあっただろう。けれども、父親は見向きもせずに、逆に憎しみを向けてきた。それでも、彼はアラベラを愛し、結婚しようとした。それなのに、またもや愛は裏切られたのだ。

これでは、彼が愛を信じなかったのも納得できる。セシリアと距離を置こうとしたのも、愛されない虚《むな》しさを知っていたからなのだろう。

「私があなたを愛してるわ。あなたのお父さんの分まで。アラベラの分まで。だから、愛を信じていいし、人の死の責任を感じなくていいのよ」

「ああ、そうだな……。君にすべてを話して、なんだかとても安らかな気分なんだ。今まで背負っていた重い荷物をすっかり下ろしたような気持ちがする」

ニコラスが今はそう思っているなら嬉しい。ニコラスは今まで大変だったと思うが、これからきっと変わっていくに違いない。

「だが、アラベラのことはもうどうでもいいんだ。君も気にしないでくれ」

「でも……あなたはまだ彼女のことを憎んで……」

「違う。舞踏会で会ったとき、憎む価値もないと思ったし、復讐のためでも彼女に触れたくもなかった。彼女を愛していたなんて、昔の私は騙されていたんだと思った」

「まあ……そうなの」

それを聞いて、セシリアの心も軽くなった。元婚約者のことを悪く言いたくはないが、本当に意地悪で嫌な女だった。確かに憎む価値もないとセシリアも思う。

「よかった。それなら、あなたが愛しているのは私だけなのね」

「それと、君の子供もだ。いや、私達の子供だな」

ニコラスはセシリアのお腹を撫でた。セシリアは彼の手の上から自分の手を重ねる。二人で顔を見合わせて、にっこりと微笑み合った。

「スカートが邪魔だな」

「そうね。ペチコートも」

「ドロワーズはもっと邪魔だ」

ニコラスはセシリアのドレスの背中に手を回して、ボタンを外し始めた。ドレスを脱がせ、コルセットの紐を手早く解く。

「コルセットで締めつけてると、赤ん坊の成長に悪いと思う。……そういえば、つわりは?」

「今のところ、大したことないわ。じゃなきゃ、城中のみんなが気づいていたと思うし」

「そうか。だが、気分が悪いときは言ってくれ。……そういえば医者は呼ばなくていいか？　ちゃんと診察してもらったほうが……」

セシリアはニコラスの口を手で塞いだ。

「余計なことは言わなくていいの。今は愛してるって言ってくれれば」

ニコラスは照れたように笑った。

「君のことを大事にしたいんだよ」

「ありがとう。すごく嬉しいわ。昨夜のあなたはとても怖かったもの。あなたとベッドを共にするのは嫌だと思ったくらい」

辱められて、言葉で嬲られた。行為の最中に乱暴な真似をされて、痛い思いをした。気持ちよくなかったわけではないが、快感の中に痛みが混じっては怖いだけだ。

「昨夜は本当に悪かった。冷静になろうとするあまり、おかしな行動を取ってしまった。君をいじめたい気持ちも少しはあったかもしれないが、痛い思いをさせる気はなかったんだ」

ニコラスは薄いシュミーズの上から乳房を手の中に包み、丸く円を描くようにゆっくりと揉んだ。セシリアは目を閉じて、彼の手の動きを感じた。

「あ……私を……いじめたかったの？」

「君が感じているところを見るのが好きなんだ。いつも取り澄ました顔をしているのに、行為の最中だけは人が変わったようになる」

「淫乱って……言ったわよね……？」

セシリアは親指で胸の先端を撫でられて、甘い息を洩らした。

「君は感じやすくて素敵だという褒め言葉だ。私は君が失神するほど感じてほしいと思ってる」

「失神なんて……あぁっ……あん……しないわっ」

ニコラスはシュミーズの上から乳首を口に含んでいる。直接刺激されるより、妙に淫らな雰囲気がして、セシリアは身体をくねらせた。足の間がすでに熱くなっている。失神しないまでも、彼の前で乱れた姿を晒すのは間違いない。

だが、ニコラスがそれを好きだと言ってくれるなら……。

きっと何も心配はいらない。どんなに感じても、彼はそれを受け入れてくれる。

「もっと……ちゃんと触って……っ」

「どこに触ってほしいんだ？　こっちのほうか？」

「やっ……あん……あっ……」

ニコラスはドロワーズの上からお尻や太腿を撫で回し、合わせ目から指を差し込んできた。

「濡れてる……。びっしょりだ」

「いやっ……言わないで」

「私の口を塞ぐのは簡単だ。キスをしてくれればいい」

セシリアはにやにや笑っているニコラスを睨んでから、その唇に自分の唇を合わせた。するとと、ニコラスのほうから舌を差し入れてきて、たちまちセシリアは彼のキスに翻弄される羽目になる。

「んっ……んっ……」

彼の舌がセシリアの口を貪るのと同じように、彼の指は彼女の内部を弄んでいる。何度も抜き差しされて、入り口をそっとなぞられる。セシリアは身体がぞくぞくするのに、火照ってきて、彼の指をもっと受け入れたくなって腰を揺らした。

突然、ニコラスの指がドロワーズの中から出ていく。

「やだ……いやっ……まだよ。もっとちょうだい……」

ニコラスは笑いながら、セシリアのドロワーズの紐を探り当てて解いていく。

「君の下着がびしょ濡れになってしまう。蜜が後から後から溢れ出てきて……君の身体は本当にいやらしい」

「……またあなたにキスしなくちゃいけないじゃない」

「いくらでもどうぞ。だが、まずは君を裸にする」

ニコラスはドロワーズもシュミーズも脱がせてしまった。日も高いのに、裸を見られるのは初めてで、セシリアは顔を赤くする。夜はランプをつけていても、どこか薄暗いものだ。今は窓から入る光で自分の身体のすべてが彼の目に晒されている。

「訂正しよう。本当に素晴らしい身体だ」

ニコラスは感嘆したように呟いた。

「恥ずかしいわ……」

手で隠そうとしても、はねのけられる。ニコラスは彼女の髪に手をやり、ピンを全部引き抜いてしまった。塔に担がれたときから乱れていたが、いよいよ元の髪型になるにはサリーの手が必要となる。

ニコラスは長い金髪を指で梳いて、セシリアの身体にかけた。改めて彼女の全身を見つめて、満足そうに笑みを浮かべる。

「そんなに、じろじろ見なくてもいいのに」

「私は見たいんだ。……綺麗だ、セシリア」

ニコラスはガーターを外し、ストッキングも脱がせてしまうと、裸足の爪先に触れて、足首からふくらはぎ、そして太腿へと手を這わせていく。

「ね……ねえっ……私……思うんだけどっ……」

「なんだ?」

ニコラスはセシリアの腰を撫でていた手を止めた。

「私にも触らせてくれなきゃ……不公平だと思うの」

「……私に脱げと？」

「脱いで。あなたの身体、触りたい」

ニコラスは弾かれたようにセシリアから手を離すと、慌てて自分の服を脱ぎ始めた。

「そんなに慌てなくてもいいのに」

「君が自分から触りたいと言ったんだ。もう後から触りたくないと言い出しても無駄だぞ」

「あら……私、ずっとあなたに触りたかったわ」

ニコラスは驚いて、セシリアの顔を見つめてくる。セシリアはにっこりと笑った。

「本当か？　君は私が命じたときしか触ってこなかった」

「本当よ。自分から触ったら、あなたがまたいじめると思ったのよ。淫乱だとかって」

「……セシリア、本気に取らないでくれ」

彼はほとんど嘆くように言って、最後の一枚を取り去った。日の光の中で見る彼の身体は筋肉の流れまではっきり判って、セシリアは目を瞠った。もちろん、股間のものは硬くそそり立っている。

「ここに寝て」

セシリアは仰向けになったニコラスを跨いで、彼を見下ろした。こんなことが自分にできるとは思わなかった。何よりニコラスが自分にこういうことを許すとは思えなかったのだ。

「妙な気分だ……」

ニコラスは笑みを浮かべ、セシリアの太腿を撫でた。

「私もよ。こんなに明るいのに裸になって、裸のあなたの上に乗ってるなんて」

「たまにはいい。毎日しようとは誘わないから」

セシリアは少し笑い、そっと身を屈めて、彼の唇に口づけた。今度は彼の口の内部に侵入を果たし、思う存分、彼を嬲っていく。そうするうちに、ニコラスはセシリアの背中を両手で包むように撫で、その手が腰に到達し、やがてはお尻を揉んだ。もちろんそれだけでは済まずに、深いクレバスに指が沈んでいく。

「ん……んんっ……あっ……あん」

指を抜き差しされて、セシリアは腰を振った。乳首が彼のたくましい胸板に擦れている。両腕で突っ張って上半身を起こそうとするが、力が入らなくなって、気がつけば彼の肩口に顔を突っ伏してしまった。

「やっ……いやぁ……っ」

「嫌じゃないだろう?　すごくいいの間違いだ」

ニコラスはセシリアの言葉を訂正する。確かにそうだが、すごくいいとは言いにくい。心の中はそうでも、口では嫌だと言ってしまうのだ。

「さあ、セシリア。向こうを向いてくれ」

「……向こうって？」

「私の身体を触ってくれるんだろう？　いくらだって触っていいから、そのお返しに私が君にいいことをしてあげよう」

セシリアは意味が判らないまま、逆向きに跨った。目の前に彼の屹立したものがある。セシリアは身を屈めてそれに触れ、誰にも強制されずに唇をつけた。茎に舌を這わせたかと思うと、先端に音を立ててキスをする。その行為に夢中になっていると、急に内腿を撫でられた。

「えっ……やだ！」

今になって気づいたが、身を屈めたせいで、ニコラスの目の前に自分の大事なところを曝け出していた。ニコラスはそれを眺めていたのだ。

「いいことをしてあげると言っただろう？　君は君の好きなことを続けていればいい」

「だって……あっ……」

セシリアは指を挿入されて、背中を反らした。けれども、自分だけ翻弄されるのは嫌だ。彼女はニコラスの下腹部に顔を埋めて、中断していた行為を再開した。硬くなったものを口に含み、先端を舌でつつく。ぐるりと舌をその周囲に這わせて、絡めていく。とにかく思いつく限りの愛撫を施した。

セシリアは腰に両手を添えられ、急に後ろに引き寄せられた。セシリアの秘所に今度は指ではなく舌が触れている。セシリアは腕に力が入らなくなり、腰から突き上げるような快感に対抗できなくなっていた。

「ニコラスッ……あぁっ……ニコラス」

名前を呼んでも、ニコラスは無視している。ただひたすらにセシリアの内部に舌を差し込み、内部を味わっている。そのうちに、彼は小さな突起を探り、指で優しく刺激しだした。両方の刺激に、セシリアは身体をガクガクと震わせ始めた。

「もう……もうっ……ああっ」

昇りつめる直前で、ニコラスは指を離し、セシリアの腰を押し上げた。身体は熱く滾っているのに、望みのものが得られなかったせいで、頭がよく働かない。ただ、ニコラスの身体の上で淫らなダンスを踊るしかなかった。

「セシリア、こっちを向いて」

セシリアは何も考えることができずに、彼の命令に従った。改めてニコラスの顔を見ながら、彼の上に跨らされる。セシリアの足の間に硬いものが当てられた。

「あ……っ……」

「ここに腰を下ろすんだ」

「ダメ……できない。私……」

自分から迎え入れたことは一度もない。そんなことができるとは思えなかった。

「できる。私の言うとおりにすればいい。腰を少し上げて……そうだ、ほら、これが君の中に入りたがっている」

花弁の内側にぴったりと押し当てられて、セシリアは身体が熱くなってくるのを感じた。これをもっと奥まで迎えたい。彼に貫かれたかった。

「そのまま腰を下ろして……」

セシリアは彼の指示どおりにしていく。徐々に内部へと凶器が侵入してくる。セシリアのその部分は広がり、彼を優しく包み込んだ。

「あっ……嘘みたいっ……」

ぺたんと彼の身体の上に腰を下ろすと、奥まで確かに入っているのが判る。

「さあ、これから君が動いて」

「私が……動くの?」

セシリアはぎこちなく腰を上下させた。だが、それを繰り返すうちに、次第にそれだけでは我慢ができなくなってくる。彼女は自分の欲求に従うように、激しく動き始めた。

「あぁっ……あっ……あぁんっ……あ」

ニコラスに見られていることも関係ない。セシリアの頭の中には欲望のことしかない。気持ちいいが、セシリアはもっと大きな快感が欲しかった。それこそ失神するくらいに感じたい。

　ニコラスが彼女の腰を摑んで、下から突き上げてくる。その衝撃に、セシリアは目を見開いた。激しい動きが彼女を追いつめていく。身体中が熱い。燃えるように熱くてたまらない。

「あぁぁぁっ……」

　セシリアは稲妻に打たれたような衝撃に全身を貫かれ、身体を反らした。ニコラスは激しく突き上げてきて、ぐっとセシリアの腰を押し上げる。やがて、二人は身体を弛緩させ、お互いの身体を抱き締め合った。


「またロンドンへ行こう」

　ベッドの中で、ニコラスはセシリアに優しくキスをして囁いた。

「ただし、私も一緒だ」

「もちろんよ、旦那様」

　セシリアは彼にキスを返して笑った。

「でも、社交界はもう懲り懲りじゃないの？」

「そうも言ってられないだろう。君の妹のこともあるし、私達の子供のこともある。結婚相手は上流社会の人間でなければならないとは言わないが、あまりに釣り合わないと不幸

になることは判っている」

　それはニコラスの両親のことだ。彼らの不幸は、まずあまりにも育ちが違う相手と結婚したことだ。

「もっとも、君の子供なら、身分違いをものともしない強い子になるかもしれない」

「あら、どうして？　それを言うなら、悪魔伯爵の子供なら、じゃないの？」

「君は私を救ってくれたから。破滅に向かう私をぎりぎりで人間に戻してくれたからだ」

　ニコラスは今、とても穏やかな顔をしていた。その彼の顔を見つめていると、セシリアもとても穏やかで幸せな気分になってくる。

「私は社交界から逃げ出した。だが、逃げてばかりじゃ、噂はついて回るだけだ。もう悪魔伯爵と呼ばれないためには、確かな人脈を作る必要がある」

「お仕事の話みたいね」

「仕事と同じだ。情報を集めて、鍵《かぎ》を握る重要人物に近づく。自分の味方になってもらうには、いろんな方法があるんだ。だが、仕事のような強引なやり方はしない。時間はかかるかもしれないが、こつこつと努力すれば、必ず成功する」

　ニコラスの自信に満ちた話し方に、セシリアはうっとりとした。彼はなんといっても事業に関しての手腕はすごいのだ。彼が努力すると言うなら、それは成功したのと同じことだ。

何より、今のニコラスなら安心だった。彼はもう誰と顔を合わせても、揺るがない。たとえ何かがあったとしても、自分が傍にいれば彼を守ってあげられる。

「そういえば、私達、新婚旅行も行ってないのよね」

ニコラスの眼差しが柔らかくなる。

「そうだな。いつかは行ってもいいが、今は駄目だ。安静にしないと、君の身体が心配だ」

彼の手が優しくセシリアの下腹に触れる。セシリアはその手に自分の手をそっと重ねた。ここに確かな幸せがある。

「これから誰もが羨むような温かい家庭を作ろう。子供は何人いてもいい。たくさんの子供達と一緒に君をずっと愛していたい」

セシリアはふと涙ぐみそうになったが、代わりに微笑んだ。

ニコラスの額に垂れた前髪をかき上げて、目を合わせる。

すべてを包み込むような深いコバルトブルーの瞳が自分だけを見つめてくれている。

「愛してる……」

ニコラスは囁き、そっと唇を重ねた。

あとがき

こんにちは。ティアラ文庫では初めましての水島忍《みずしましのぶ》です。

今回のお話は十九世紀の英国を舞台にしたヒストリカル・ロマンスです。私の作品を読んでくださっていた方には意外に思われるかもしれませんが、私はこのジャンルの小説が大好きで、いつか自分でも書きたいと思っていました。でも、書く場所が今まで日本の出版社にはなかった（と思う）ので諦めていたんです。

今回、ティアラ文庫でヒストリカルを書かせていただけると聞いて、喜び勇《いさ》んで物凄い勢いで書き上げてしまいました。いや〜、めっちゃ楽しかったです！　あ、私は楽しむ側ではなく、読者さんを楽しませる側なんですけどね（笑）。

最初、セシリアは伯父さんの不始末が原因で悪魔城へ行かされる設定にしようと思っていました。が、主人公二人のキャラを作っているうちに、これは違うなあと。ニコラスは女性を脅かして無理やり愛人にはしないだろうし、セシリアもそこまで伯父さんに絶対服従でもないし。セシリアはいざとなったら行動力があるタイプで、鞄ひとつで逃げちゃいます。自分が納得しないと、城に居着くことはなかったと思います。

一方、ニコラスは悪魔伯爵と呼ばれているわりには、非常にナイーブです。プライドが高く、冷たい態度を取るかと思えば、すごく優しくなったり、どちらが本当の彼なのか判らないという……。でも、セシリアが好きになるのも判ります。彼の過去とか聞くと、やっぱり助けたくなっちゃいますよね。

ちなみに、自分で一番好きなシーンは、やっぱり最後の塔でのあの台詞のやり取りです。最初から用意していたものではなく、あの場でするっと出てきたキメ台詞（？）ですが、書いた瞬間、自分でも「おおっ！」と思いました。意図してない場面で、ストーリーが繋がった瞬間ってやつですね。これが小説を書くときの醍醐味《だいごみ》でもあります。

そういえば、資料を読んでいてショックを受けたことがあるのですが、子爵令嬢の呼称はレディではないんですね。私、てっきり「レディ・セシリア」だと思っていたのに、調べてみたら……。日本人の語感的に受け入れがたい呼称だったので、苦し紛《まぎ》れに「セシリア嬢」としています。まあ、そんな彼女もレディと呼ばれる身分になるのですが。

さて、今回のイラストはひだかなみ先生です。非常に可愛らしいイラストで、小説に華を添えていただきました。セシリアは可愛いし、何よりドレス姿が素敵です。ニコラスはクールな感じがいいです。ひだか先生、どうもありがとうございました。

最後に、担当のM下様にはお世話になりました。何より、この作品を書かせていただいたことに、深く感謝しております。

それでは、皆様、感想などありましたら、ぜひお寄せください。またヒストリカル・ロマンスが書けたら幸せです。

ヴィクトリアン・ロマンス

夜《よる》は悪魔《あくま》のような伯爵《はくしゃく》と

ティアラ文庫をお買いあげいただき、ありがとうございます。
この作品を読んでのご意見・ご感想をお待ちしております。

✦ ファンレターの宛先 ✦

〒102-0072　東京都千代田区飯田橋3-3-1
プランタン出版　ティアラ文庫編集部気付
水島忍先生係／ひだかなみ先生係

ティアラ文庫WEBサイト
http://www.tiarabunko.jp/

著者——水島忍（みずしま　しのぶ）
挿絵——ひだかなみ
発行——プランタン出版
発売——フランス書院
〒102-0072　東京都千代田区飯田橋3-3-1
電話（営業）03-5226-5744
（編集）03-5226-5742
印刷——誠宏印刷
製本——若林製本工場

ISBN978-4-8296-6550-3 C0193

原稿大募集

ティアラ文庫では、乙女のためのエンターテイメント小説を募集しております。
優秀な作品は当社より文庫として刊行いたします。
また、将来性のある方には編集者が担当につき、デビューまでご指導します。

募集作品

H描写のある乙女向けのオリジナル小説（二次創作は不可）。
商業誌未発表であれば同人誌・インターネット等で発表済みの作品でも結構です。

応募資格

年齢・性別は問いません。アマチュアの方はもちろん、
他誌掲載経験者やシナリオ経験者などプロも歓迎。
（応募の秘密は厳守いたします）

応募規定

☆枚数は400字詰め原稿用紙換算200枚～400枚
☆タイトル・氏名（ペンネーム）・郵便番号・住所・年齢・職業・電話番号・
　メールアドレスを明記した別紙を添付してください。
　また他の商業メディアで小説・シナリオ等の経験がある方は、
　手がけた作品を明記してください。
☆400～800字程度のあらすじを書いた別紙を添付してください。
☆必ず印刷したものをお送りください。
　CD-Rなどデータのみの投稿はお断りいたします。

注意事項

☆原稿は返却いたしません。あらかじめご了承ください。
☆応募方法は郵送に限ります。
☆採用された方のみ担当者よりご連絡いたします。

原稿送り先

〒102-0072　東京都千代田区飯田橋3-3-1
プランタン出版「ティアラ文庫・作品募集」係

お問い合わせ先

03-5226-5742　　プランタン出版編集部